LUCRURI INTR-UN POD ALBASTRU

蓝色阁楼寻梦

Adriana Bittel

[罗马尼亚] 阿德里亚娜·毕特尔 / 著

陆象淦 / 译

南方出版传媒
花城出版社
中国·广州

图书在版编目（CIP）数据

蓝色阁楼寻梦 /（罗）阿德里亚娜·毕特尔著；陆象淦译. -- 广州：花城出版社，2019.7
（蓝色东欧 / 高兴主编．第6辑）
ISBN 978-7-5360-8907-5

Ⅰ.①蓝… Ⅱ.①阿… ②陆… Ⅲ.①短篇小说－小说集－罗马尼亚－现代 Ⅳ.①I542.45

中国版本图书馆CIP数据核字(2019)第139998号

合同版权登记号：图字 19-2017-132 号
Lucruri intr-un pod albastru by Adriana Bittel
Copyright © 1981 by Adriana Bittel

出 版 人：	肖延兵
丛书策划：	朱燕玲　孙虹
出版统筹：	李倩倩　夏显夫　欧阳佳子
责任编辑：	李倩倩　欧阳佳子
技术编辑：	薛伟民　凌春梅
封面供图：	子夏
装帧设计：	棱角视觉 ANGULAR VISION

书　　名	蓝色阁楼寻梦 LANSE GELOU XUNMENG
出版发行	花城出版社 （广州市环市东路水荫路 11 号）
经　　销	全国新华书店
印　　刷	恒美印务（广州）有限公司 （广州南沙经济技术开发区环市大道南路 334 号）
开　　本	880 毫米×1230 毫米　32 开
印　　张	3.875　2 插页
字　　数	110,000 字
版　　次	2019 年 7 月第 1 版　2019 年 7 月第 1 次印刷
定　　价	28.00 元

本书中文专有出版权归花城出版社独家所有，非经本社同意不得连载、摘编或复制。
如发现印装质量问题，请直接与印刷厂联系调换。
购书热线：020-37604358　37602954
欢迎登陆花城出版社网站：http://www.fcph.com.cn

蓝色阁楼寻梦

目 录
CONTENTS

记忆，阅读，另一种目光（总序）/ 高兴 / 1
享受遐想（中译本前言）/ 陆象淦 / 1

希腊古堡废墟奇遇 / 1
安乐椅奇遇 / 3
扁桃花开 / 7
全景与片段 / 11
成长 / 13
20 和 50 奇遇 / 17
秋天奇遇 / 19
博物馆奇遇 / 20
奇遇安德罗琴 / 24
露天图书馆 / 26
春分奇遇 / 30
奇遇别克敞篷跑车 / 37
更自然一点儿 / 42
蜡菊田生长机制 / 47
苹果 / 60
黄昏心情 / 65

老太太们的夏天　／　66
奇遇大象足迹　／　69
森林的清洁　／　71
奇遇居纳尔　／　75
毫无意义的奇遇　／　78
三叶草　／　80
奇遇"假面女"　／　92
夜路上　／　99

记忆，阅读，另一种目光

（总序）

高兴

昆德拉说过："人的一生注定扎根于前十年中。"我想稍稍修改一下他的说法："人的一生注定扎根于童年和少年中。"童年和少年确定内心的基调，影响一生的基本走向。

不得不承认，二十世纪五六十年代出生的人都有着不同程度的俄罗斯情结和东欧情结。这与我们的成长有关，与我们的童年、少年和青春岁月有关。而那段岁月中，电影，尤其是露天电影又有着怎样重要的影响。那时，少有的几部外国电影便是最最好看的电影，它们大多来自东欧国家，几乎吸引了所有人的目光，是我们童年的节日。在某种意义上，甚至可以说，它们还是我们的艺术启蒙和人生启蒙，构成童年最温馨、最美好和最结实的部分。

还有电影中的台词和暗号。你怎能忘记那些台词和暗号。它们已成为我们青春的经典。最最难忘的是《瓦尔特保卫萨拉热窝》。"'空气在颤抖,仿佛天空在燃烧。''是啊,暴风雨来了。'""看,这座城市,它就是瓦尔特。"简直就是诗歌。是我们接触到的最初的诗歌。那么悲壮有力的诗歌。真正有震撼力的诗歌。诗歌,就这样和英雄主义和浪漫主义,紧紧地连接在了一道。

还有那些柔情的诗歌。裴多菲,爱明内斯库,密茨凯维奇。要知道,在二十世纪七八十年代,读到他们的诗句,绝对会有触电般的感觉。而所有这一切,似乎就浓缩成了几粒种子,在内心深处生根,发芽,成长为东欧情结之树。

然而,时过境迁,我们需要重新打量"东欧"以及"东欧文学"这一概念。严格来说,"东欧"是个政治概念,也是个历史概念。过去,它主要指波兰、捷克斯洛伐克、匈牙利、罗马尼亚、保加利亚、南斯拉夫、阿尔巴尼亚七个国家。因此,在当时,"东欧文学"也就是指上述七个国家的文学。这七个国家,加上原先的东德,都曾经是以苏联为首的华沙条约组织的成员。

一九八九年底,东欧发生剧变。此后,苏联解体,华沙条约组织解散,捷克和斯洛伐克分离,南斯拉夫各共和国相继独立,所有这些都在不断改变着"东欧"这一概念。而实际情况是,波兰、捷克、匈牙利、罗马尼亚等国家甚至都不再愿意被称为东欧国家,它们更愿意被称为中欧或中南欧国家。同样,不少上述国家的作家也竭力抵制和否定这一概念。在他们看来,东欧是个高度政治化、笼统化的概念,对文学定位和评判,不太有利。这是一种微妙的姿态。在这种姿态中,民族自尊心也发挥着不可估量的作用。

但在中国,"东欧"和"东欧文学"这一概念早已深入人心,有广泛的群众和读者基础,有一定的号召力和亲和力。因此,继续使用"东欧"和"东欧文学"这一概念,我觉得无可厚非,有利于研究、译介和推广这些特定国家的文学作品。事实上,欧美一些大学、研究中心也还在继续使用这一概念。只不过，今日，当我们提到这一概念，涉及的就不仅仅是七个国家，而应该包含更多的国家：立陶宛、摩尔多瓦等独联体国家，还有波黑、克罗地亚、斯洛文尼亚、塞尔维亚、黑山等从南斯拉夫联盟独立出来的国家。我们之所以还能把它们作为一个整体来谈论，是因为它们有着太多的共同点：都是欧洲弱小国家，历史上都曾不断遭受侵略、瓜分、吞并和异族统治，都曾把民族复兴当作最高目标，都是到了十九世纪末二十世纪初才相继获得独立，或得到统一，第二次世界大战后都走过一段相同或相似的社会主义道路，一九八九年后又相继走上了资本主义发展道路。之后，又几乎都把加入北约、进入欧盟当作国家政策的重中之重。这二十年来，发展得都不太顺当，作家和文学都陷入不同程度的困境。用饱经风雨、饱经磨难来形容这些国家，十分恰当。

换一个角度，侵略，瓜分，异族统治，动荡，迁徙，这一切同时也意味着方方面面的影响和交融。甚至可以说，影响和交融，是东欧文化和文学的两个关键词。看一看布拉格吧。生长在布拉格的捷克著名小说家伊凡·克里玛，在谈到自己的城市时，有一种掩饰不住的骄傲："这是一个神秘的和令人兴奋的城市，有着数十年甚至几个世纪生活在一起的三种文化优异的和富有刺激性的混合，从而创造了一种激发人们创造的空气，即捷克、德国和犹太文化。"[①]

克里玛又借用被他称作"说德语的布拉格人"乌兹迪尔的笔为我们描绘了一个形象的、感性的、有声有色的布拉格。这是一个具有超民族性的神秘的世界。在这里，你很容易成为一个世界主义者。这里有幽静的小巷、热闹的夜总会、露天舞台、剧院和形形色色的小餐馆、小店铺、小咖啡屋和小酒店。还有无数学生社团和文艺沙龙。自然也有五花八门的妓院和赌场。布拉格是敞开的，是包容的，是休闲的，是艺术的，是世俗的，有时还是颓废的。

[①] 见伊凡·克里玛《布拉格精神》第44页，崔卫平译，作家出版社1998年版。

布拉格也是一个有着无数伤口的城市。战争、暴力、流亡、占领、起义、颠覆、出卖和解放充满了这个城市的历史。饱经磨难和沧桑,却依然存在,且魅力不减,用克里玛的话说,那是因为它非常结实,有罕见的从灾难中重新恢复的能力,有不屈不挠同时又灵活善变的精神。如果要用一个词来形容布拉格的话,克里玛觉得就是:悖谬。悖谬是布拉格的精神。

或许悖谬恰恰是艺术的福音,是艺术的全部深刻所在。要不然从这里怎会走出如此众多的杰出人物:德沃夏克,雅那切克,斯美塔那,哈谢克,卡夫卡,布洛德,里尔克,塞弗尔特,等等。这一大串的名字就足以让我们对这座中欧古城表示敬意。

布拉格如此,萨拉热窝、华沙、布加勒斯特、克拉科夫、布达佩斯等众多东欧城市,均如此。走进这些城市,你都会看到一道道影响和交融的影子。

在影响和交融中,确立并发出自己的声音,十分重要。不少东欧作家为此做出了开拓性和创造性的贡献。我们不妨将哈谢克和贡布罗维奇当作两个案例,稍加分析。

说到捷克作家哈谢克,我们会想起他的代表作《好兵帅克》。以往,谈论这部作品,人们往往仅仅停留于政治性评价。这不够全面,也容易流于庸俗。《好兵帅克》几乎没有什么中心情节,有的只是一堆零碎的琐事,有的只是帅克闹出的一个又一个乱子,有的只是幽默和讽刺。可以说,幽默和讽刺是哈谢克的基本语调。正是在幽默和讽刺中,战争变成了一个喜剧大舞台,帅克变成了一个喜剧大明星,一个典型的"反英雄"。看得出,哈谢克在写帅克的时候,并没有考虑什么文学的严肃性。很大程度上,他恰恰要打破文学的严肃性和神圣感。他就想让大家哈哈一笑。至于笑过之后的感悟,那就是读者自己的事情了。这种轻松的姿态反而让他彻底放开了。借用帅克这一人物,哈谢克把皇帝、奥匈帝国、密探、将军、走狗等等统统给骂了。他骂得很过瘾,很解气,很痛快。读者,尤其是捷克读者,读得也很过瘾，很解气，很痛快。幽默和讽刺于是又变成了一件有力的武器，特别适用于捷克这么一个弱小的民族。哈谢克最大的贡献也正在于此：为捷克民族和捷克文学找到了一种声音，确立了一种传统。

而波兰作家贡布罗维奇与哈谢克不同，恰恰是以反传统而引起世人瞩目的。他坚决主张让文学独立自主。在二十世纪三四十年代，贡布罗维奇的作品在波兰文坛显得格外怪异离谱，他的文字往往夸张扭曲，人物常常是漫画式的，他们随时都受到外界的侵扰和威胁，内心充满了不安和恐惧，像一群长不大的孩子。作家并不依靠完整的故事情节，而是主要通过人物荒诞怪僻的行为，表现社会的混乱、荒谬和丑恶，表现外部世界对人性的影响和摧残，表现人类的无奈和异化以及人际关系的异常和紧张。长篇小说《费尔迪杜凯》就充分体现出了他的艺术个性和创作特色。

捷克的赫拉巴尔、昆德拉、克里玛、霍朗，波兰的米沃什、赫贝特、希姆博尔斯卡，罗马尼亚的埃里亚德、索雷斯库、齐奥朗，匈牙利的凯尔泰斯、艾什特哈兹，塞尔维亚的帕维奇、波帕，阿尔巴尼亚的卡达莱……如此具有独特风格和魅力的当代东欧作家实在是不胜枚举。

某种程度上，东欧曾经高度政治化的现实，以及多灾多难的痛苦经历，恰好为文学和文学家提供了特别的土壤。没有捷克经历，昆德拉不可能成为现在的昆德拉，不可能写出《可笑的爱》《玩笑》《不朽》和《难以承受的存在之轻》这样独特的杰作。没有波兰经历，米沃什也不可能成为我们所熟悉的将道德感同诗意紧密融合的诗歌大师。但另一方面，需要注意的是，由于语言的局限以及话语权的控制，东欧文学也极易被涂上浓郁的意识形态色彩。应该承认，恰恰是意识形态色彩成全了不少作家的声名。昆德拉如此，卡达莱如此，马内阿如此。赫尔塔·米勒亦如此。我们在阅读和研究这些作家时，需要格外地警惕。过分地强调政治性，有可能会忽略他们的艺术性和丰富性。而过分地强调艺术性，又有可能会看不到他们的政治性和复杂性。如何客观地、准确地认识和评价他们，同样需要我们的敏感和平衡。

一个美国作家，一个英国作家，或一个法国作家，在写出一部作品时，就已自然而然地拥有了世界各地广大的读者，因而，不管自觉与否，他，或她，很容易获得一种语言和心理上的优越感和骄傲感。这种感觉东欧作家难以体会。有抱负的东欧作家往往会生出一种紧迫感和危机感。他们要用尽全力将弱势转化为优势。昆德拉就反复强调，身处小国，你"要么做一个可怜的、眼光狭窄的人"，要么成为一个广闻博识的"世界性的人"。别无选择，有时，恰恰是最好的选择。因此，东欧作家大多会自觉地"同其他诗人，其他世界，和其他传统相遇"（萨拉蒙语）。昆德拉、米沃什、齐奥朗、贡布罗维奇、赫贝特、卡达莱、萨拉蒙等等东欧作家都最终成为"世界性的人"。

关注东欧文学，我们会发现，不少作家，基本上，都在出走后，都在定居那些发达国家后，才获得一定的国际声誉。贡布罗维奇、昆德拉、齐奥朗、埃里亚德、扎加耶夫斯基、米沃什、马内阿、史克沃莱茨基等等都属于这样的情形。各种各样的原因，让他们选择了出走。生活和写作环境、意识形态、文学抱负、机缘等，都有。再说，东欧国家都是小国，读者有限，天地有限。

在走和留之间，这基本上是所有东欧作家都会面临的问题。因此，我们谈论东欧文学，实际上，也就是在谈论两部分东欧文学：海外东欧文学和本土东欧文学。它们缺一不可，已成为一种事实。

在我国，东欧文学译介一直处于某种"非正常状态"。正是由于这种"非正常状态"，在很长一段岁月里，东欧文学被染上了太多的艺术之外的色彩。直至今日，东欧文学还依然更多地让人想到那些红色经典。阿尔巴尼亚的反法西斯电影，捷克作家伏契克的《绞刑架下的报告》，保加利亚的革命文学，都是典型的例子。红色经典当然是东欧文学的组成部分，这毫无疑义。我个人阅读某些红色经典作品时，曾深受感动。但需要指出的是，红色经典并不是东欧文学的全部。若认为红色经典就能代表东欧文学,那实在是种误解和误导,是对东欧文学的狭隘理解和片面认识。因此,用艺术目光重新打量、重新梳理东欧文学已成为一种必须。为了更加客观、全面地翻译和介绍东欧文学,突出东欧文学的艺术性,有必要颠覆一下这一概念。蓝色是流经东欧不少国家的多瑙河的颜色,也是大海和天空的颜色,有广阔和博大的意味。"蓝色东欧"正是旨在让读者看到另一种色彩的东欧文学,看到更加广阔和博大的东欧文学。

二〇一三年十月三十一日定稿于北京

主编简介:高兴,诗人、翻译家,一九六三年出生于江苏省吴江市。中国作家协会会员。国务院政府特殊津贴专家。现为中国社会科学院外国文学研究所研究员,《世界文学》主编。曾以作家、翻译家、外交官和访问学者身份游历过欧美数十个国家。出版过《米兰·昆德拉传》《东欧文学大花园》《布拉格,那蓝雨中的石子路》等专著和随笔集;主编过《二十世纪外国短篇小说编年·美国卷》(上、下册)、《伊凡·克里玛作品系列》(5卷)、《水怎样开始演奏》《诗歌中的诗歌》《小说中的小说》(2卷)等大型图书。主要译著有《梵高》《黛西·米勒》《雅克和他的主人》《可笑的爱》《安娜·布兰迪亚娜诗选》《我的初恋》《索雷斯库诗选》《梦幻宫殿》《托马斯·温茨洛瓦诗选》等。

享受遐想

(中译本前言)

陆象淦

阿德里亚娜·毕特尔,一九四六年生于布加勒斯特,一九七〇年毕业于布加勒斯特大学罗马尼亚语言文学系。在大学学习期间曾积极参与布加勒斯特大学的学生社团"青春"的组织工作和活动。毕业后,进入《罗马尼亚文学》杂志社任编辑,在撰写文学评论的同时,开始进行文学创作,自一九八〇年迄今,出版了《蓝色阁楼寻梦》《诞生后的睡眠》《七月的尤利娅》《照片档案》《相遇在巴黎》和《一个金发美女怎样变得白发苍苍》等多部作品。这位当代女作家的婉约、清新、隽永的文风,如书如画的别具一格的描述,似童话又似寓言的充满遐想的叙事,得到罗马尼亚文学界的高度评价,其作品曾荣获罗马尼亚作家协会奖等诸多奖项,被收入《八十年代短篇小说》《八十和九十年代罗马尼亚幻想作品》（英文版）以及美国、澳大利亚、德国和南斯拉夫等国家翻译出版的多种文选。评论界称她是罗马尼亚"八十年代一代的杰出散文家之一"，属于"分析性作家，亦即对宏大叙事不感兴趣的作家"，其创作特点在于"将情绪与清醒的观察、抒情与尽可能准确和透彻的现实主义的考量结合起来""批判精神、睿智、杰出的文学写作能力与大气的风格相融汇"。

《蓝色阁楼寻梦》初版于一九八〇年，是毕特尔的第一部短篇小说集，其特色是短小精悍，构思奇特，现实与虚幻融为一体，文笔优美，以凝练和恬淡的风格，娓娓道来，或化作鱼儿漫游在大海之中，或化作精灵与大自然对话，或化作天使播种真爱，令人神往。一次又一次的"奇遇"，叙事者身份的不断转换，虚虚实实，蕴含着深刻的寓意。在这位罗马尼亚女作家的笔下，大自然的一切都是鲜活的生灵，而在一个丧失了魔力而又繁华喧闹的世界里，人们只有突破自我，通过同大自然的对话，才能破译世界的意义，填补心灵的空白。正是在这样的意义上，她随着"牧神的排箫曲"的"高亢而清纯的音符"，同"躯体比白雪更冰清玉洁的水仙女一起奔跑"，或变作"巨大的绿色蝴蝶，飞舞在荒芜的原野上"。

"精神的高峰，蓝色阁楼藏品"，乃是两次世界大战期间罗马尼亚著名数学家兼诗人、现代主义代表伊昂·巴尔布（1895—1961）的诗句，本书的书名灵感缘自于此，具有深刻的象征意义，或许可以看作解读文本的钥匙，表明本书作者毕特尔将自己的文学创作视为探索精神高峰的一种尝试，期望以遐想的独特形式给予读者美的享受，并引发心灵的共鸣。

遐想无限。如果说自由的遐想是通往精神高峰的必由之路，那么享受遐想将为你开启新的视野和境界。

希腊古堡废墟奇遇

在希腊古堡的废墟间,一条头部被砸伤的蛇在艰难地爬行。天气阴沉沉的,无论我怎样试着在心里重构古堡原来的景色,满眼所见的却是顽强的花朵在乱石间破土而出,粲然绽放,而回廊四周的一个个拱门摇摇欲坠,颓然败落。我想象不出整个城堡世代的景象。能够闻到的或许只有薰衣草的香味……

一个女影星穿着绯红如玫瑰的大喇叭裤,在廊柱旁摇首弄姿:脑袋歪在肩膀上,双脚夸张地叉开。摄影师一边装上紫光滤镜,一边用那种佶屈聱牙的语言喊着简短的口令。

我从薰衣草香味弥散的瞬间回过神来,摇晃着身体直至晕眩,终于明白自己要复原古堡的想法是何等荒谬。看到眼前的一切就足够了,不应该让视觉再演化出其他东西。受伤的蛇在破碎的石板上艰难地爬行,灰暗的蛇在灰暗的石板上颤抖地游动,珠光宝气的女影星搂着一尊胸前刻着铭文的红鼻子雕像,被周围的碎纹石地面的裂缝间生长出来的淡紫色花丛簇拥着。我不再关注被砸伤而令人爱怜的蛇，以及自己今天穿着凉鞋踩下的那些脚印。尽管对希腊语一窍不通，我却并未因此而感到拘束，照常随心所欲地自由活动。

就在这些令人伤感却未能引起我悲伤的事情在我头脑里掠过的当口，只听见女明星一声惊叫。她用一根胡萝卜似的手指指着近旁垂死的蛇。摄影师沙哑地喊叫着什么，慌忙弯下腰去，把身上背着的摄影器材盒碰得哐啷作响，随手捡起一块沉重的石板，朝挣扎着扭动的蛇身上砸去。

从被砸中的蛇身上传来弥散的薰衣草香味，在这香味中我清楚地看见了希腊天空那耀眼阳光下的古堡，以及它的各个穹顶、圆柱和水池。

安乐椅奇遇

  博爱广场上正在下雨，所有的汽车和雨伞全很陈旧。沾满潮湿的泥土的大卡车停在交通信号灯前等待着，商店的广告牌依然亮着属于夜晚的灯光。卖面包圈的女售货员的工作服在透明的雨衣下闪着幽幽蓝光，白天似乎沾上了湿漉漉的面包圈的味道。

  我望着行人们的脚，它们尽管溅满泥浆，却信心十足地穿梭在水坑间。我的口袋里，别人的钞票在窸窣作响，匆忙中拿错了衣服，把客厅挂钩上的一件颜色最鲜艳的红大衣穿在了自己身上。我心不在焉地望着花店里闪闪发光的花盆；望着大敞着门的车库，一盏光线昏暗的电灯在里面亮着，汽车底下的水泥地上躺着几个人；望着柜子上摆放着一个个纸板箱的地下室。

  一个拦腰折断的生锈的廊檐雨水管掉落下来，狠狠砸在我的头上，我不得不停下步来，做出回应。

  正在考虑这种情况下，该冲着一根雨水管说些什么的当口，我一眼瞧见了贴在墙上的广告，用流畅的哥特字体写着：出售带靠枕的摇椅。

我寻找着入口，但临街只有一面粗糙的墙，雨水管和广告。

绕过房子，我发现在柏油马路的一侧几级台阶，向下通往一扇铁皮包裹的门。多少怀着侥幸心理，我用脚踢了踢门。我一面等待着，一面哼起了那首名为《你的叶子多么绿》的歌曲，唱到其中的一句"你的身体优柔如水蛇"之时，门打开了，门后有声音在问发生了什么。门后，那是一个普通的老年大婶，看样子像女仆。我颇为失望地说：

"平安无事，大婶。"

"要买'安乐椅……'？"

"……带靠枕的。"

大婶打量了一下我。

"带钱了吗？"

"让咱们先看看货。"我端起了架子。

大婶转过身去。她的裙子用一枚大别针别在肩胛骨之间。我跟随她走在铺着崭新的割绒地毯的走廊上，仿佛走进了那些重要的机关单位。在一扇装着磨砂玻璃，只透出一线菊花茶色淡光的门前，大婶又看了我一眼，打开了门。那是一间舞蹈大厅，铺着极光滑的打蜡镶木拼花地板，沿墙摆着一整排黑色高级酒柜，柜门镶着大镜面玻璃，富丽堂皇。房间中央，安乐椅在轻轻摇晃，它那优美的编织面料是我见到过的最漂亮的物件。单腿足尖直立打旋和直角大开胯，跳跃，栩栩如生的布娃娃和橘子树，这把安乐椅完全符合我想象中的美妙的芭蕾。我走近过去，身上的大衣显得太过红艳，而且湿漉漉的很沉重；笨重的鞋子在镶木地板上留下了污泥的脚印。大婶显然感觉受到了冒犯，轻蔑不屑地沉默着。我粗鲁地试图坐下，但就在此时，我大惊失色，突然看见靠枕在动——一个磨秃了毛的动物，躯体肥胖，软绵绵的，没有四肢，满身是可怜巴巴的皱纹。安乐椅摇晃得越来越剧烈，我正试图要坐下，就在这时，出现了某种闹剧，仿佛在一个万花筒里，安乐椅的编织面料上展翅飞翔般的芭蕾舞姿，随着回荡的乐曲在覆盖房间墙面的一面面镜子里不断变化着，直至天旋地转，头晕目眩。

我的大衣的红色斑点十分刺眼，与周围的一切极不协调。我的眼镜滑落到了鼻尖上，而我的依然湿漉漉的头发粘结成令人恶心的绺子，一绺绺耷拉在脸颊旁。

大婶注视着我，她的脸色已经变得十分严厉。

我从口袋里掏出一团潮湿的钞票，放在地上。听凭自己的大衣从手腕上滑落下去，随后甩掉了变了形的鞋子，走近安乐椅。摇晃在继续，而靠枕快活地缓缓翻滚着。当我那沾上了污泥的旧裙子滑落到脚上，露出像男孩一样棱角分明的身体时,安乐椅开始向我滑来,它的编织面料上的霍拉舞快速旋转着,令人晕眩。

"小心眼镜!"大婶用沙哑的声音命令我,而安乐椅的外形消失了,我只能迷迷糊糊地看见伸向我的棕色椅子扶手,镜子里一切都在摇晃,摇晃。

扁桃花开

　　皮划艇在波光粼粼的水面上滑过，河对岸的保护区里，孔雀在鸣叫。

　　那时，我们学会了安魂曲，能够像一个混声合唱队那样歌唱。

　　水面上，赋格曲①——《神鹰飞翔》盘旋着袅袅升上天空，随后《末日审判》之歌传向远方，而在我的歌声中银光闪闪的划艇，寂静无声地滑行着。

　　一只小船靠近岸边，两个红脖子的士兵划着桨，想朝我喊话，但刚喊了一声，他们就加入了安魂曲的合唱。他们的脚下，水波涌动，如河神银光闪闪的花冠，小船随着水流远去。

　　我摘下眼镜，就像你进入冥想之时所做的那样，开始沉思。"他"是安魂曲不能打动的唯一的一个人，因为在我看来，"他"是包罗了我不会说的一切词语的一

---

① 赋格曲是一种赞美诗音乐，17世纪和18世纪初盛行于英国。

个名字。我正在歌唱永恒之光,而只有"他"正在接近和折射永恒之光。

我还为一个正在编织保暖的裹尸布的老人唱了《为彼岸的时光哭泣》,随后便戴上眼镜,站起身来。

太阳落山了。保护区里,孔雀早已默默地安静下来。

扁桃树用它那贝壳形的花朵为公路增色添彩,我突然感到一股幸福的暖流在心头涌动,因为存在着某一个人,我可以倾听他的话,来打消我用唱片学习合唱的顽念。

我在那儿,在扁桃树旁真诚地祈祷,祈祷所有人都像应该了解的那样了解"他",祈祷"他"的思想强劲有力。我用力摇着扁桃树,一片花瓣也没有掉落下来。于是,我折下一根树枝,想带给"他",让"他"同完美的扁桃树连结在一起。

必须在天黑前将扁桃树枝送到"他"手里,否则,我的歌声或许会使花朵凋零。

我在公路上奔跑着,追上了一辆满是尘土的公共汽车,试着向那些汗流浃背的人解释,尽管他们并不关心能像旋风一样迅速赶到城市那一头对于我有多么重要。

鲜花的景色淡化了他们那让人腻烦的唠叨,而年轻的司机龇着闪亮的牙齿,不耐烦地笑着。

随后，大巴开始甩站狂奔，扁桃花树枝变得更加清新夺目，犹如霓虹灯照耀下的雪景。我们沿着闪着蓝光的一栋栋大楼飞驰，灯光招牌早已开始点亮，我喊着，再快些，再快些，当大巴戛然停住时，落日的余晖依然为远处的塔吊涂上一抹金色。

我奔跑进雕像耸立、回声响亮的大厅，一口气爬上楼梯，遛进了图书馆。"他"正在给自觉地记着笔记的呆板的姑娘们讲着宇宙的荒凉和孤独。那里，在数以千计的书籍中间，"他"的声音似乎很疲倦，但"他"的话语达不到我的耳中。我发觉"他"脸部的线条是那么高贵，姿态是那么优雅潇洒，脸色是那么苍白。我忘记了自己为什么来到这儿。一根残酷无情的刺扎在我喉头，我的头脑里浮动着歌声碎片间肉欲的欢快。

我很想将脸颊贴在他的衣服的柔软料子上，我的眼睛贪婪地注视着他，直至感到疼痛，或许这视线把他的话语融化在了空气之中。当姑娘们开始交头接耳，悄悄交谈着合上笔记本时，外面的天色已经漆黑。我望着手里的花朵。花瓣早已发蔫，软绵绵的，而讲台上也已空无一人。

此时，河水早已被黑暗吞没，而在小树林间，或许甚至就在扁桃树下，正在举行狗儿们的婚礼。

我无精打采地走在长长的走廊上，一个浑身碱味的邋遢女人正在打扫。

　　这儿的灯光是那样惨淡，宛若在医院里，静得异乎寻常。扁桃树枝的纤弱的神经在我的手指间跳动。我控制着自己，想忘记一切，但突然爆发出了《天主的羔羊》的赋格曲，声音强烈得我自己都觉得可怕。那个邋遢的女人变得文质彬彬，围绕着白色球形灯罩下的灯光旋转了几圈，随即消失在天花板的白灰里，而图书馆那边，传来书架断裂的哗啦啦的巨响。

　　那一刻，教授正在一家熟肉店里排队购买食品。

全景与片段

  饭店的大堂中央,是一个日式园林,装点着白色的石头和雅致的树枝。

  这个天窗下的园林,由建筑师们按照杂志上的图片依样画葫芦拼凑而成,里面的一切看来极其生硬别扭,凸显出我们欧洲人对日式园林的无知。尤其是那些用普通的木头雕琢的树枝,更是贻笑大方,而透过玻璃的光照把山石染成了病态的灰白色。

  除此而外,则是一个常见的大堂,充斥海边度假的氛围。我穿上玫瑰色的丝绸衣衫,眼睛朝上吊向鬓角并使它们变黑,也就是说我想象自己身处黑暗之中,直至瞳孔遮蔽整个蓝色的虹膜才睁开。由于这个原因,视线收纳了全景,而不是我们习以为常的可怜的片段。我突然看见了整个园林,树枝和山石,还有花朵,不必再逐一观察,而阴郁的光线迫使我跪在灌木旁边,将我变成像它们一样的布景。为谁?青年们在贴着各种商标的吧台前高谈阔论,一对对可爱的情侣在宽大的皮沙发上打盹，橡树枝形的吊灯下，阉过的狗崽们在信步闲逛，而大海上，一连几天都在下雨。

一个自杀未遂来休养的女人，在度假的人们中间摆弄着自己的眼镜，等待用餐。我一直跪着，关注着一切，而空气中，就在雨点拍打着的天窗下，映现出"日式园林中的歌舞伎"的字幕，忽亮忽灭，闪闪烁烁。

直至有一天午餐时分，这个自杀未遂的女人站在我面前，对我说："你是个女骗子。"

那时，我先是看到了她脖子上的紫色伤疤，随后是尖尖的下巴，薄薄的嘴唇，最后是眼镜后面的大大的眼睛，只是瞳孔狠狠盯着我，似乎恨不能把我吞没。

成　　长

　　一天，当雨水敲打着露台的洋铁皮桌子时，我觉得挂得似乎过高的节日彩旗，湿漉漉地在风中撕裂。皮蒂卡命令我同她一起来。她很想做一件好事——我不能反对。她的小爪子抓住我的手，把塞饱了青杏的我从坐着的路边石条上拖起来。

　　我们经过一番左顾右盼的观察之后，才小心翼翼地穿过十字路口，其实那是白耽误工夫，因为街上空无一人。通过一个摆放着正在滴水的冰块的廊道，我们进入了教堂的院子，看见一匹白马在舔草，然后绕着教会堂区的房子走去，突然发现眼前有一堵墙挡住了路。墙上有一座阿尔迪亚尔式的沉重大门，皮蒂卡从一块圆石底下取出钥匙，打开了门锁，我们俩用尽力气推着门，终于推开了一道缝，让我们溜进了一个像手绘彩色明信片上所说的别有洞天的世界：蔚蓝的天空和浅黄色的建筑，商店和百叶窗。

　　"大卫会所，按摩和烫发。"我看到鸟笼和花盆中间的一扇玻璃窗上这样写着。我甚至窥见了屋里的大卫，穿着白色的西装，在一面大镜子前夹自己的眉毛。

皮蒂卡的小店名叫"精准量体裁衣"。橱窗里一件硕大的套头毛衣钉在十字架上，毛衣的下摆上钉着一副微型手套，仿佛是在祈祷。一顶像沙滩遮阳伞一样宽大的花边帽子，用蝴蝶结和鲜花装饰着，覆盖了橱窗的上部。入夜，彩色小灯组成的一个个花环，或许可以透过用线钩织的阿拉伯式花饰的帘子投射出光束，将散乱的纪念品和摆饰等物件织成一张影子的网。

我们走进这爿小店，里面只有一些线团和几捆堆在一起的毛线，以及一张双层的梯凳，皮蒂卡敏捷地爬上去，打开了天花板上的一个出入口盖。她的脑袋消失在窟窿里，从那儿，一线樱桃红色的阴郁的光流淌进半昏暗的店堂。上面传来一连串发号施令的话音，迫使我踩着梯凳的木条进入了一间毫无生气的房间。甚至连赤陶土上的青铜塑像也有着腻烦的神情。皮蒂卡砰的一声关上了盖，房间令人窒息地封闭了起来，唯一使人感到一丝柔情的是墙上挂着的一幅画，画中一个几乎裸体的美女熟睡在织布机旁。

凌乱的家具腿在毛茸茸的地毯上冒着水汽，而散见于各处的夜灯好似陈年的酸樱桃汁一般污染着空气。

我在很早前曾梦见自己来过这儿，嘴里嘎巴嘎巴嚼着五颜六色的卡普沙糖果——装着玫瑰花的瓷糖罐至今还放在床头——刚刚洗过头,而皮蒂卡假装是后妈,在一张红色的桌子前转来转去,狞笑着将一把有毒的小梳子递给我。

这是珀涅罗珀①在遥远的时代苦闷地沉睡的房间,它的氛围让人觉得既熟悉又陌生,我竭力试图找回那种氛围下的梦境的种种细节。我湿漉漉的针织运动衫与弗洛里亚斯卡湖②的气味一起蒸发着。

"首先我要量一下你的腰身。"皮蒂卡说,开始围绕着我转来转去,用一根闪光的皮尺量着我的臀围和关节。"把你打扮成绿色,你正在发育成长,绿色是最合适的,"她尖细的嗓音跳跃着,"而脖子上,给你戴上一个银线的首饰。绿色和银色,你一定会光彩夺目!"

但是,我丝毫也不愿意自己变得光彩夺目。我想离开。湖岸上有一条腐烂的驳船,你可以在其中踩着水观看鱼儿跳跃。"我给你的眼睫毛涂成银色,"皮蒂卡热情奋发,"用火钳把你的头发烫成长卷。"

---

① 珀涅罗珀,古希腊神话中斯巴达人伊卡里俄斯和仙女珀里波亚的女儿,英雄奥德修斯的妻子。特洛伊战争结束后,奥德修斯长年在外,珀涅罗珀独守空房,对丈夫忠贞不贰。

② 罗马尼亚首都布加勒斯特近郊的湖泊。

她那矮小身体，就像半透明的球，似乎在滚动。我可以发誓说，看见她三次摇身一变，成为一只蜘蛛，迅速织出房间一般大的一幅绿色绸子。

那块绸布把我裹了起来，直拖到地板上，很轻柔，也很诱人。她尖尖的爪子在我的脖子周围调整着银链，将绸布抓得发出一种使我牙疼的响声，我的头发变成一团乱麻，她用滚烫的工具在我头上又拉又卷，甜腻腻的香粉云遮蔽了我的视线。"放我走，"我哽咽着说，"我不喜欢你，别烦我，丑八怪……"但她躲到画上方的一个角落里，瞪大了眼，欣喜若狂地看着我如何挣扎，而她长长的双手机械地卷着一团不断增大、覆盖着她的绿绸。

20 和 50 奇遇

我站在人行道中间，拼命在想，这本用白颜色赫然写着 20 和 50 两个数字的书是从哪里来的。街上熙熙攘攘，人头攒动，但我怎么也回想不起来，人们怒冲冲地推搡着我。一个提着菜篮子的女人冲我喊道："嗨，走开点，这人！"冲到了我前面。

"我现在的任务是拿着手里这本书赶快走。"我不由得想道。或许很高兴有人问我在做什么，为的是能够回答说"准备走"。当时我或许看到洪流是由戴着皱纹纸面具的人、大象和芭蕾舞女演员组成的。仿佛听到了军乐团在演奏进行曲，经过训练的狗儿们在自行车上汪汪高歌。但是，没有人愿意理睬我，没有人想问我任何问题，而在书上赫然写着 20 和 50，在商店正方形的招牌上写着红色的大号"肉"字。

我早已筋疲力尽。一个老头尖声地对不知什么人说："我向你挑战！"从商店里急匆匆跑出来几对提着大包小包的情侣，加入了我此时不知不觉被卷入的洪流。满载的无轨电车从我身边驶过,电影院和肉铺里传来热烘烘的臭气,一个两手各提着一只鹅的家伙在我面前跑过。他紧抓住鹅脚,而眼睛迷蒙的鹅脑袋,随着人流的节奏摇来晃去。这个家伙似乎急着拔鹅毛吃鹅肉。其中的一只是拔光了毛的白条鹅。

然而,我又怎样?突然周围一团漆黑。传来杂乱的叫骂声,无轨电车在拖长的吱吱嘎嘎刹车声中停了下来,肉店的招牌也隐没在黑暗中。有人大声喊道:"停电了。"随后是一片恐惧的沉静。我点上一支烟。所有的男人都虔敬地点上了烟。我仰望天空。所有人都仰望天空。我们第一次在城市上空看见星星。在星星下,在黑暗中,惊愕将我们团结起来。

"现在是 20 点 50 分。"我庄重地宣告并打开了书,天地刹那间变得一片光明,如同阳光明媚的正午。

秋天奇遇

我躺着,仰面朝天抽着烟。觉得实在的只有头下枕着的贫瘠土地,天色阴沉沉的,或许秋天正在降临。

烟蒂烧痛了我的指头,我随手将它扔到田里一个孤零零的干草垛上,瞧着草垛如何熊熊燃烧,觉得自己已经十分衰老。

一个女人骑着搂草钉耙朝火堆飞来。她向我致意问好,疲惫地望着火焰。她用平静的声音对我说,搜集那些药草是用来为牛治病的。于是,我从怀里逐一掏出三个橙子给她。她不知它们有什么用处。"拿着,它们很好看。"我对她说,好像自己是一个有着几百岁经历的老人。

女人用土块盖在最后的火星上。"愿你心地善良。"她说,随即离我而去。

我想再次躺在地上,但背部长出了像草垛一样大的驼背,风带来了燃烧的气味,远处响起了哞哞的牛叫声。

博物馆奇遇

博物馆应该有一个北方艺术展厅，或者至少有我脑海里挥之不去的那些大理石雕像。当然，更适当的去处或是一座教堂或者一个地窖，但不能只是为了避暑而进教堂，我是个异教徒，不喜欢教堂。地窖更不在考虑之列。所以，我选择了博物馆。

苍蝇聚集在肮脏的盘碗上，收音机里缓慢地演奏着长笛，对于大人们来说，那是闷头午睡的时间。

在摆着橱窗的门厅里，一个戴着鸭舌帽的小老头在长凳上打盹。我对他说自己是来学习的。他什么也没有问，也没有冲我要钱，只是说："你把这个存在衣帽间，不准带着这个入内。"所谓"这个"，就是我的挎包；里面有我在一条河里捡的一块漂亮的石头，一段铅笔和一个隔夜的圆面包。衣帽间空荡荡的。我把挎包挂在近边的一个挂钩上，转身准备离开。

老头朝我喊了一声："嗨！"仿佛站在山头朝着另一个山头呼喊，声音在整个门厅里回响。我回转身来，很喜欢这回声。我的挎包孤零零地吊在那儿,毫无生气,显得煞是滑稽可笑。

老头递给我一块黑色塑料三角板,命令我道:

"你走右边那个门,按照箭头指的方向顺序参观。不准触摸任何东西。铃声响时,按箭头往回走,我们将闭馆。"他认为自己已经尽到了责任,拉一拉鸭舌帽,遮住了眼睛。

我当然没有走他所指的门,而是径直向中间的大楼梯走去。我一跃跳过了横在过道上的天鹅绒警戒线,很高兴自己做了一件违规的事。

楼梯上铺着蓝色的地毯,每一级都用细木条固定。我踮着脚尖往上走,唯恐有人出来训斥我。因恐惧而心生胆怯,就像你觉得自己还明白事理的时候那样。我走上了楼梯右侧的弯道,上去不多远,就进入了一个展廊,墙上挂满贴着标签的画。都是肖像。一幅紧挨着一幅,并排挂着,仅通过新近镀金的画框隔开,形形色色的人物并列着,他们似乎彼此很是冷漠,只是眼盯着我。一个身穿白鼬鼠皮的装模作样的王子,一个戴着假发、手拿圆规的学者,一个在王冠下被压得喘不出气来的美人,一个捧着特制的小祈祷书的胖孩子。我记得不准碰任何展品的规定,只是用像木栏杆上的细木条一样的手指轻轻滑过众生相的面容,而他们的粗糙的油彩刺得我皮肤流出血来。我把一滴血留在了侯爵小姐袒露的乳房上——这伤口产生了多么奇特的效果！很高兴自己对一件艺术品做出了贡献，对于一个宫妃和一个教皇之间的那一部分画，我感到浑身发冷，好像心头结了冰一样。我欣赏似乎控告一般指向我胸脯的那只粗壮有力的手的表现力，对于那个憔悴的人物的趣味来说，我的乳房或许太小了，随后我闭上了眼，嘴里嘟嘟囔囔地从一个展厅到另一个展厅走了很久，心头产生一种反抗前行的阻力，仿佛想逆向地穿越冷凝的时间，感觉自己飘飘荡荡穿过蔑视我的"线性行动"的那些傲慢头像的森林，向着冰湖爬升。连篇累牍的语录掺杂其间，它们的尖角引号刺痛着我；始终令人向往的"蓝色阁楼藏品"渐渐远去。

越是向上走，天鹅绒地毯越薄，颜色也越淡。

不再有警戒线，而灰色的擦脚毯随着我的脚步颤动着。不久，走到了毯子的尽头，凉鞋掌下感觉到了水泥地的凉意。

楼梯在一个冰冷的门槛前终止了，我跨过门槛，进入了墙壁被潮气剥蚀的一个房间。仔细看去，发现潮气的斑点组成了光怪陆离的幻景。房间中央有一张桌子，桌腿破败得如同开裂的牲口蹄子。

我的脚早就冻得冰冷，于是爬上了桌子。我竭力仰起头，以便自由自在地观看天花板。

天花板上绘着一片森林，一群孤独的白色牛羊在雪地中吃草。画中的全部景致开始徐徐地降落下来。

桌腿好像冻得在干枯的树叶中哆嗦。清新的嫩芽令我垂涎欲滴，从一块岩石中响起一曲牧神的排箫之歌。

开春的水仙女们从树木中走出来，"黄昏的苍白阴影飞舞在静谧的原野上"，与心神迷醉的白色牛羊一起。一股非同寻常的力量在怀里和后颈涌动，推着我向前跑去。躯体比白雪更冰清玉洁的水仙女们同我一起奔跑着，牧神的排箫曲停留在一个高亢而清纯的音符上。

奇遇安德罗琴[*]

你可能整天漫步在狭长的海滩上而遇不到一个人。一路闻着腐烂的味道,脚陷入海藻编织的潮湿的丝绒里,贝壳和死鱼在其中闪闪发亮。高高的海岸那边,伸展着荒废的病葡萄园,岩石有时滚落下来,发出轰隆隆的巨响,仿佛世界末日正在来临。

我停留在一个满地刺人野草的海湾里,觉得自己仿佛一直生活在那里的宁静和孤独的阳光下。在我思念海鸥时,它们平静地飞来了,在天空中盘旋着。我与大海的运动产生共鸣,那里的生活是摇曳着的慵懒,海水有着我的皮肤的温热。

然而,一天早晨,当最初的曙光抚平混沌的沙滩时,我看见安德罗琴从扎人的飞廉丛中走下陡峭的海岸。他的美貌与云彩同时流光闪耀。他那雕像般的明亮的眼睛,有着另一个世界的表情,那么深邃、完美。他

---

[*] 希腊神话中的半男半女两性人。

从我身边走过，我看见了他的干海藻颜色的长发辫和橙色的皮肤。他迈出的每一个步伐，无不显示出古朴的优雅，他的现身令我惊诧莫名，犹如人类漫步在月球的岩灰中留下的脚印。他是如此完满，超然物外，我不由得突然感到自己多么无能，简直就是个残废。

太阳早已高高升起，海鸥在炽热如火的阳光下嘎嘎地尖叫着。

安德罗琴走近了海水。我奔跑到他面前，跪倒在地。大海此刻巨浪轰鸣，我独自大声呼喊着自己的祈求，却只是心里明白，无从听见被海浪淹没的自己的声音。安德罗琴如明亮的镜子一般的眼睛凝视着旷野。我吻着他的脚，但他把我踢到了路的一边。我眼睁睁见他消失在大海深处。

一连许多天，我整日幸福地独自冥想着，没有任何欲念。现在，我想，竭尽全力地想有一个孩子在身边，能够对他说："瞧，这就是大海。"

大海在我近旁漠然轰鸣着，阳光炽燃着飞廉的花朵。

露天图书馆

我是在搭乘去郊区游览的一辆黄色有轨电车上发现了它。特别是在入秋时节，每一站可能皆是终点，尽管那并非是终点。电车从来不完全清空。司机和售票员是一对夫妻。她在一个煤油炉前准备煎土豆，而他每当电车在过热或者冰冻得火花四射的轨道上滑行时，总是大饱口福。有嘴馋的乘客准备下车时，也从马口铁餐盘中拣一块放到嘴里。司机毫不在意，愉快地吹着口哨，友好地大声笑骂着超车的运送活鸡的大卡车。

一扇玻璃窗上贴着一张海报：

露天图书馆恭候您
免费进入

很好。我立刻跳下车，找到了路径。风，毋宁说是带着大海气息的轻拂从左边吹来。石块路面鳞片的闪光并未伤害我的视线。正是最宜人的季节。我拐进了一条布满圆形管道的街道，所有的管道盖都掉落在一边，布满了网眼，而行走在其中的我——矮小的个儿，胖胖的身材，变形的脑袋，活像一条鱼。

不再看得见房子。街道越来越窄，直至变成杂乱无章地生长的灌木丛阴影遮蔽的一条羊肠小道。

我确信这是一条死胡同，因为没有走多久，小路也消失了。树枝磕磕绊绊挡住去路，令人难以举步。你必须时时刻刻注意像鞭子一样的荆棘，只要一触到，它们就可能鞭挞你。

我感到束手无策，不由得心烦意乱地停下脚步。

面前是四周围绕着书架的一个大牧场的边缘，一排排齐刷刷的书脊吸引着你的眼球。我轻手轻脚地走向前去，仿佛在梦中一样。烫金标题的数百卷百科全书，一个个系列的作品全集，已经消失的植物标本集，光和影像的历史，在布料和木头上复制的画册，幻想书籍和对数表，永远不乏新闻的杂志合集，公元八世纪以来的香水样品目录，昆虫的习惯，等等，等等……我匆匆浏览着标题，感到从未有过的兴奋，不知道应该先选什么。在可移动的梯子上，穿着色彩鲜艳的青年们从一个书架到另一个书架专注地寻找着，抚摸着印有标题的书脊，觅求他们需要的东西，以奇特的姿势站在高处，各自翻阅着被微风吹着封面的书页。然后，他们走下来——有些人依然一边看着书——坐到带遮阳伞的桌子旁,一边做着笔记,随着指甲一行行地滑动,嘴里默念着,或者眼睛久久地注视着远方,静静冥想着。

我也爬上了一架梯子,觉得自己很像教堂的一名画师,从上望着低头看书的一个个脑袋,以及远处在阳光下沙沙作响的树木。当我转身面对书架时,却大失所望,看到满架子都是图册,一卷卷满篇地图、公式和曲线图的集子。面对这类东西,我始终心怀崇敬,却又颇为无奈,说来惭愧,它们激发不起自己的任何求知欲。我气恼地顺手抓起一本厚厚的大型图集,翻到一幅插图页,煞有介事地抱在胸前,走下梯子。

在我座位的桌子上,一切都井井有条,削得尖尖的软铅笔,一杆蘸水钢笔,几叠颜色柔和淡雅的纸,几瓶淡酸型墨水,一切无不勾起你强烈的写作欲望。

我又低头细看那本有着神秘的轨迹的图集。我选择了一幅插图,上面有着一个个连续的黄色标记。它起始于一个标着8字的圆。我迅速查看图例。那儿写着:$8=8$。我没有去寻找解释,沿着围绕一个白色斑点(无人居住的岛,白鲸,卡萨布兰卡!)的几条曲曲折折的路线进发,突然进入了一个三角形的交叉路口。一条路是由胡椒豆组成的,另一条是香草路。第三条路则像一串泪珠。我似乎走在第三条路上,这条路向上朝着一个绿色的光点拐了一个极其优雅的弯，但重点标出的路线继续吸引着我进入它的逶迤曲折的海湾。

或许我是暖流，携带着鱼群迁移。我擦过海湾的峭壁，沉醉地在广阔的大洋里狂舞。我谛听着我的鱼群的沉默，它们正滑向岸边的沙滩，那里身披金色鳞片的新娘们在等待着它们。然后，我上升到空中，这是最漫长的夏天，我爬升着，爬升着……

笼罩在黄昏中的露天图书馆点亮了荧光灯。同一批——或者可能是另一些青年，在梯子上爬上爬下，怀里抱着一摞摞书籍。

我的视线久久停留在灯光下的书架上，依然默想着那个出发点——8，直至它开始在我的眼睑下颤动并缓缓地躺倒。

我仿佛觉得在黄昏笼罩下的杨树林那边的很远处出现了一片浩淼的水域，广阔无垠。暖流像一部电梯，开始爬上我的头顶，用像鱼鳞一样纤薄的刀片的光芒切割着我。于是，我在蘸水钢笔杆上插上一个笔尖，用黄色的墨水在那幅插图上漂亮地写下了自己的名字，然后将它折叠成一只小船，驶向广阔的水域。

春分奇遇

　　那一天，我穿着得很漂亮，因为在一个死气沉沉的季节之后，太阳迫不及待地露出了笑脸。在这艳丽的阳光下，谁都会觉得自己灰头土脸，迟钝笨拙。我抛开了那件旧大衣，穿上一件款式从一幅版画上复制下来的上衣，将发髻盘绕得繁复花俏，沉甸甸的，迫使我直挺挺地昂着头，无形中流露出一副傲然自得的神情。
　　尽管我衣着华丽，满街是光芒闪烁的汽车和活泼可爱的姑娘的城市，却对我视若无睹。我觉得十分恼怒，只得孤芳自赏，宛若点缀黯淡无光橱窗里的一件摆设。我怀着这样的心情到达了机场。一架架银色的飞机震耳欲聋地轰鸣着飞上天空，酒吧露台上的遮阳伞在微风中摇曳，混合着旅行的兴奋战栗。晴空万里，艳阳照得我直起鸡皮疙瘩。
　　在起降跑道边上，一垄垄鲜花组成了字母，或许从飞机上可以读到那是"欢迎""乌拉""新年好"，或者其他类似的标语。在我面前是一个很大的"U"字。我向栅栏俯下身去，差点跌倒在花圃里，摘了最高的一朵花。那朵花形态如此：

——细茎，淡紫色，透明，像一摞彼此相叠的高脚酒杯。

——它的顶端——一个齿状边缘的托，青色有毒，像马口铁一样坚硬和光亮。

——花托的中间伸出一个长长的圆锥筒，也是紫色的，但不透明。

——它的内部是阴暗的。

这种形态什么也不像，说实话，甚至不像是一朵花。我抬手想把它扔回栅栏里，这时花托中间的圆锥筒触到了我的耳朵，我听到了一声模糊的话音。我重复自己的动作。话音仍然出现在那里，不很连贯，犹如一个乐队在演奏交响乐之前调试乐器。然而，一架准备降落的飞机的噪声压倒了一切，我离身去找一个安静的地方。好不容易找到了一处：一块空地，存放着许多管道，四脚朝天的凳子，折断的摇篮，一辆生锈的油罐车和大量干树枝。我坐进一张高高地摆放在干柴堆上的破摇椅里，环顾四周。强烈的阳光下的一切，构成了一幅动荡的图像，一种神经质的节奏，但你闭上眼睛时却是那么安静！我把那朵花——我还是决定这样称呼它——放在耳边。

先是响起了不连贯的琶音,随后是女人的一声温柔的命令和很有礼貌的两种声音的"不行,不行,不行"的叫嚷。我没有听懂,继续静听着。一阵受到攻击的野兽的咆哮,仿佛剑戟交叉碰击。此时,我开始看见眼前的情景,先是比较模糊,随后越来越清楚。一个女人想进来,但警卫们得到命令不让任何人进入。他们站在门口,穿着粗呢子制服,直挺挺地站立着,面无表情。一个激烈而语调有点慌乱的声音在坚持着:那个女人头上包着纱巾,身穿庄重的裙子。她跺着脚威胁说,要把阻拦她的人关进牢房,于是警卫们——一支犹豫的队伍——让到了一边。门打开了,女人的丝绒裙子窸窣响着,走进门去。眼前出现了一个木头梁柱的修道院长走廊,墙上没有任何装饰。又响起了野兽的嚎叫。又传来了命令声。声音是连续的,响起了许多次。一个又一个走廊。还有警卫守卫着的一道道门。延续的时间太长了。但又出现了女人的眼睛,她的眯缝的视线,变成红色的眼睑。一阵水龙头流水的噪声。但这次声音来自我的记忆。我在洗脸。我哭过了,不愿让人看出来。盥洗盆很脏。我从镜子里看见自己在抹肥皂,模样很丑。

我驱赶着在头顶上嗡嗡叫的一只蜜蜂。

花茎此时变成暗紫色,仿佛内部灌满了不纯的液体。我带着不愉快的感觉,重新艰难地静听着。

一扇扇警卫森严的门被逐一打开,直至最后通行无阻。女人深深叹了口气,走进了石头拱顶的大厅。这里,小丑般的弄臣们正在玩弄着自己的带小铜铃的圆顶小帽,叽叽地窃笑着。"主人,你愚蠢无比!"朝向北面的墙上插着一个盾形兵器架,留下了冷兵器格斗的遗迹:匕首,长矛,镶嵌着名贵宝石的土耳其弯刀,重型投枪和一面印着纹章——红桃和双刃大刀的亚麻布旗帜。

在这些兵器旁,主人端坐着,正在用羽毛笔吱吱咯咯签署着判决书。

女人的脚步迟疑地走在光亮的地板上。屋里的气氛很阴郁,尽管弄臣们做着各种滑稽的动作,或许正因为如此才更显气氛的肃杀。女人垂下眼睛看着主人的大而无当的鞋,使劲扭着自己的手指,用做作的声音高唱"第二幕大咏叹调":

主人啊,我是来祈求你怀着恻隐之心宽恕我们那迷途的最小的兄弟。那个死在你手上的巫神曾经蛊惑他说,在某一朵花里,如果你在春分时节谛听,飞翔的天赋就会进入你的身体。从那时起,花园开始地震,百花凋零。人们嘲笑他,给他起了个"浑球"的绰号。他流浪在别处的多个帝国,辱没了你的名声,因为忘记了谁是他的父母。我时时听说,有人看见他春分之夜流落在异乡的大花园里。年复一年地过去,季节不断变换,他睡在荒野里,孤独地自言自语。他学习了那么多的百花知识,以致——据说——蝴蝶在他的头发中栖息,马蜂陪伴着他。

现在,我来祈求你,主人啊,下达命令,让我重新把他带回家来。因为,我待在废弃的花园里,因思念他而对着野草痛哭了一天一夜,终于见到了奇迹。一棵蒲公英吸走了我的眼泪,缩成一团,然后像一个肥皂泡一样,越来越膨胀变大,经过九天的守护,气泡带着呼啸声和火舌爆裂了,绽放出一朵前所未见的鲜花。我相信你会同情我,否则对你的儿子的思念将重新萦绕在我的心头。

我谛听着花语,仿佛是无线电中的广播。觉得那是一个令人痛心的古老故事。我也尝试唱一首花腔女高音的咏叹调,但从我的喉头发出的是磕磕巴巴的假声,而且我也克服不了继续听下去的好奇心。我脱下了鞋,散开了头上的复杂花俏的发髻,盘腿舒舒服服地坐在摇篮里。

现在传来了马匹在一条乡村道路上奔驰的哒哒声和车夫的短促吼叫。道路的两侧,榛树在阳光下飒飒作响，马车印中，泥泞板结干燥。三架金碧辉煌的马车朝城堡奔驰而去。在一队身穿骑士红色制服的御林军中间，有一个瘦弱的少年，脸色阴沉，只穿着一件宽大的衬衣，光着脑袋。在他的漠然的眼睛里，映现出迅速移动着的榛树的绿色叶子，他的纤细的双手绝望地紧紧抓住品种高贵的母马的黑色鬃毛。

　　远处，城市隐约可见。上方，数以千计的鸟窝像边框一样点缀着墙头。当亲信的御林军抵达大门前时，警卫队拖长了声音高呼"欢迎"，突然一声震耳欲聋的轰鸣，数千只鸟儿拍打着翅膀高高地飞上天空。

　　少年的绿色眼睛惊跳了一下，仿佛记起了什么，阴郁的脸放出了光芒，但一闪而过，随即变得更加忧伤。

　　三辆马车一进入足以抵挡攻城的大撞墙锤撞击的沉重大门，百姓们都停下脚步，驻足争看那个迷途知返的少年王子：肥胖的摊贩们在石砌的街道上推着大木桶，宫廷的权贵们从富丽堂皇的马车窗口露出了快乐而奇怪的笑容，裁缝们在店门口晃动着熨斗，眼睛注视着骑手，正在赶赴秘密约会路上的贵妇们撩起面纱，不放过任何一个细节，工匠们扬起手指，不停地指指点点，乐不可支，笑得差点歪了嘴。然而，王子像在睡梦中一样，漠然穿行在城里的人群中，骑士们怒喝着："让开，让开，别挡道。"王后急剧地在城堡的台阶上奔跑着，几乎喘不过气来，把流浪的儿子抱在了胸前。泪水流淌在她的苍白的脸颊上，手在高大而陌生的儿子的胸前和手臂上移动着。只有他们的极其相像的眼睛默默地亲热对视着。随后，她拉着他的手，领他到荒废的花园里。在那里的芳香扑鼻的野草丛中，王子不由得睁大了眼。因为，在他们身边，纷乱的花茎织出了字母——五彩缤纷的巨大鲜花字母。这个青年男子只朝着一朵花快乐地弯下腰去，把耳朵贴近紫色的花冠。随着咯咯的响声，季节变换着。

　　我听见生锈的大轴被一个古老的愿望转动的嘎嘎响声，随后，天堂的大门打开了。

　　与天上的清新空气涌入同时，传来了珍奇的升天音乐，而我的身躯此时变得空荡荡的，没有了忧伤，也没有了自我，像一根羽毛一样飘飘荡荡上升着，被气流顺利地吸入了蓝天。

　　噢，看下面，堆着生锈的铁架的空地，公路，像蚂蚁一样蠕动着的汽车。天际的微风吹拂着赤裸的骨头，如同在吹笛，而头发像鱼鳍一样划动着。

　　现在我能够读出机场上鲜花组成的标语："一路平安！"

　　我只能忍住笑和扶住与地平线平行的眼镜，否则不得不寻找一块柔软的草地降落。

奇遇别克敞篷跑车

椴树早就已经开花。我觉得奇怪的是，它们如何能通过柏油马路底下的根吸收汁液，随后通过不可思议的机制转化为芳香。在一间厨房窗前的椴树荫下，一个手指上扎着绷带的家庭主妇正在磨刀，将几把刀相互摩擦着。噪声一路跟随我直到大街上，那里有几个穿橙黄色工作服的养路工正在翻修柏油马路，从房子一般大的滚轴上拉出和埋放闪闪发光的电缆。一个女养路工把沙子撒在柏油上，嘴里吹着口哨，曲调颇为忧伤。

我走进了大公园，这是一个人迹稀少的时刻。对孩子们来说，这个钟点太早了，而失眠少觉的退休老人们早已读过晨报，出园去消化喝得饱饱的牛奶。

椴树的芳香洒落在我身上，静静的。

我坐在树荫下的一张长凳上。一触到长凳的木头，好似有一种轻微的触电感，在公园里度过沉静夜晚的热恋情人们的战栗流过我心田。

我听任自己沉醉在椴树的甜蜜芳香中。

脑海里不由得遐想着亭台楼阁交相辉映的花园里的早晨。光可鉴人的桌面，古色古香的瓷器。茶香扑鼻，或许还有玫瑰色的薄纱裙的清新。女钢琴家的手指抚弄着茶壶。纱裙前胸粉色的清淡闲适。小茶匙的叮当响声……

一种陌生的气味难闻得像铁球一样撞击着我的胸口。长凳上，有人在我身旁坐了下来。我懒得转脸去看，没有胃口让这样的情感作为幸福的记忆——并非对于某个特定的人的恋情——来束缚自己。

脑海里又浮现出了小茶匙的叮当响声，一只蜜蜂停留在被阳光照得亮晶晶的蜜糖罐上。

旁边传来一声清脆的叮当响声，那是女用手提包打开的声音，香水味的波浪随即贴面冲来。我心中的椴树开胃醒脑清香被搅乱了，愤怒地暗想着要拧断这个女人的脖子，就像拧干一块破抹布那样，不由得尖声喝道：

"别再抹你那劣质香水，让椴树……"

薄纱裙最终消失了。再次响起了手提包的叮当声，仿佛有人在说："你为什么有如此大的牙齿？"

"为了更痛快地吃掉你！"

终于等到了如同沉默几十年之后的一声沙哑的回答："抱歉。"

我转脸望去。扭曲的脖子上的是一个过时的荡妇的脑袋。倒三角形线条的眼睛,睫毛犹如丧葬黑幡的流苏,嘴巴鼓鼓的,宛若紫色的花苞。我迅速检视着:像爪子一样的手,琥珀烟嘴,戒指,细弱的胳膊,满脸雀斑。

"没关系。"我颇为感动地咕咕哝哝说。

我扭身面对她的脸孔,她的软弱无力的脖子因为感激而涨得通红。

"我的小姐,你能想象一辆别克敞篷跑车奔驰中的椴树吗?"

"当然能,可怜的丑八怪。我能想象几乎任何东西。"我暗自说。

她忧郁地从嘴角的皱纹间吐出一口烟,流苏般的眼睑低垂下来。现在将开始像探戈舞一般喋喋不休地唠叨了。但她沉默着。我这样期望着等待了片刻,随即开始主动进攻:

"您曾经去威尼斯旅行结婚并同鸽子一起照相?"

她没有听见我说什么。于是,我拉了一下她的胳膊肘。

"嗨,别克车是怎么回事儿?"

她神情一愣,下意识地摆弄着直垂到衣襟的一串珍珠。

"我在一个陌生房间里的一张蓝色天鹅绒长沙发上

醒来。这串珍珠绕在我脖子周围,勒得我喘不出气来。那天恰好是我四十岁生日,在精英饭店庆生,喝了许多香槟酒。我收到了一辆别克车作为生日礼物,包装在放满鲜花的透明金属薄膜中。当我打开薄膜时,倒在了背后长凳上的帝皇百合花里,大厅里爆发出热烈的欢呼声。随后……我再也记不得任何事情。

我把彩旗推到一边,看见了生长着椴树的路,却闻不到椴树的香味。我用壁炉旁边的通条猛敲玻璃窗,但玻璃似乎富有弹性,沿着敲打痕铺展着,像一个弹弓一样恢复到原位,把我重又弹到了沙发上。我使劲摇着门。但门早就被锁上了。我望着窗户对面墙上的威尼斯镜子:越来越狭窄地伸向远方的椴树林荫路,我的装着栗色皮坐垫和镀镍车门的轿车,还有我——一个依然很迷人的女人。我的目光恢复了'荡妇'本色。我重画了眉毛,点上一支烟,走向林荫道。椴树的芳香令人如同沐浴清泉。我打开车门,坐到了驾驶盘前。但我从来没有开过车。送车的人忘了连带送一个司机。没有把司机包装起来的透明包装纸。背后的座椅上,帝皇百合花摇落了粘着花粉的花瓣,只剩下带着丑陋的花蕊的光杆花茎。我愤怒地跺着脚,任意地转动了一下车钥匙,感觉一晃动,别克车跑了起来。椴树林荫道从远处向我奔来。在冰冷的飒飒风声中,气流像横扫过来的雨点一样，扑打着我的脸，越来越密集。百合花的花瓣和黏糊糊的花蕊飞舞着。我开始歌唱。直至我像一根通条一样撞在了富有弹性的玻璃窗上，一个趔趄向后倒去。一地的镜子碎片，汽车坐垫里的海草块，噼里啪啦掉落下来的珍珠。裙子的丝绸条缓慢地飘落在开满花朵的椴树枝上……"

"然后呢？"

"平安无事，我的小姐。"

她整了整像火鸡一样的脖子周围的项链。染黑的睫毛的纹路凸显了出来。

一股难闻的气味向我们袭来，我们怀疑是燃烧的轮胎、满是灰尘的旗帜或者烈焰中马鬃的味道。

更自然一点儿

一段时间以来，我住在歌剧院的牙科诊所里。要到达这个诊所，必须穿过进行练声和合唱的好几个曲曲折折的廊道，沿着传出打拍子和微弱的打击乐声音的几个大厅旁边的楼梯，上上下下，走过连接两个建筑群的摇摇欲坠的栈桥，从那儿再凭借气味来辨别路径。碘酒和桂花的味道将你引向摆着金光闪闪的座椅——改变了用途的道具——和测量体重的磅秤的候诊室。

在诊所里，我总是在诊疗两个患者之间洗手，再涂上一层香粉和眼睑膏，因此一天结束后，眼睑在过厚的脂粉重压下不自觉地闭上了，在消毒机友好地咕嘟咕嘟响着杀菌时，我一头倒在靠背可以调节的躺椅里睡着了。

睡梦中，一群芭蕾舞演员在爬行，浴衣披在汗湿的练功衣上，腆着大肚子的男高音歌唱家们背靠着钢琴，不断搓着手，张嘴吐出肥皂泡，镶着镍铬合金假牙的年老的女合唱队员们彼此展示着家庭影集，但消毒机却啪的一声停止了工作。

这是信号。面向内院的玻璃窗开始透进灰色的光,栽种芦笋的花盆从黑暗中裂开细小的叶子,而在候诊室里,有人将消毒药水倒进了痰盂里。于是,我走向盥洗池,花了很长时间擦掉脂粉,犹如演出之后。我脱下溅上了鲜血和石膏的白大褂,换上了一件浆洗过、很清新的褂子,然后朝着冬日的晨曦敞开窗户。冷空气深入毛孔,洗得干干净净的纤细手指拨动想象的乐键和琴弦,练习着序曲。

在用来熔化制模蜡的电炉上,我一面为自己煮着咖啡,一面听着候诊室里第一批患者富有乐感的咳嗽声。

我把依然滚烫的镀镍器械按照操作规程有序地排列在手边;在锁着的麻醉药品柜里放着我的羊皮面笔记本,其中还有许多空白页;在实木办公桌上的医务日程登记簿里,嚣张任性的女明星们的名字恭顺地等待着编号。

这样的一个早晨,在我给金黄色的眼睑抹上第一层睑毛膏的当口,诊所的门打开了,走进来一个不认识的青年,穿着布景装置师的工作服。

"请坐,"我以职业习惯的口吻对他说,"哪里不舒服?"

"我什么病也没有。"他的嗓音没有任何高低起伏,吐字准确，也许说得太响了点儿。

"请张开嘴！别怕！"

在青年张开的嘴里，牙齿闪闪发光，强健，完整无损，犹如广告招贴画里一般。

我颇为疑惑地用刮刀柄敲了敲臼齿和尖利的犬齿。声音完美无缺。

"我如何能为您效劳？"

"我想请你给我的一颗门牙包金……"

"但所有的牙齿都完全健康！"

"……或者，无论如何在我的犬齿上钻一个黑洞……显得更自然一点儿。"

我快步跑到镜子前，给自己又抹上了一层脂粉，试图压住自己的怒火，然后回到这个奇怪的患者面前：

"请您出去！我没有胃口陪您开玩笑。真有病痛的人在等着呢。"

我示威一般打开诊所的门，喊道：

"下一位！"

然而，候诊室里空无一人。沙发椅的积满污垢的绸子面黯淡无光。既没有乐队的琶音，也没有女裁缝们叽叽喳喳的嘈杂声，更没有装置布景的人们的深沉而短促的呻吟。只有某个黑暗的小房间里损坏的水龙头漏水的滴答声。我惊恐地回过身来，向那个依然张大了嘴，在刺眼的灯光下站着的人走去。

所有的小镊子，挫牙器具，钳子和注射器都顽强地牢牢粘在不锈钢盘子上，造成了一种令人难以喘气的恐怖氛围。

只有放在药品中间的我的羊皮封面笔记本，我在其中描写蜡菊①田生长机制的笔记本，稍许滑到了我面前。我不能再躲避他。

"我不能做您要求的事情！"

这个人闭上了嘴，威胁性地站起来，朝我的肩膀伸出了他的巨大双手。他用力摇晃着我，直至我的涂着眼睑膏的双眼因恐惧和屈辱被泪水浸湿。

我按照一个个抽屉的顺序找到了最大的铣刀，颤抖着手指将它安装在器械上，踩下了开动马达的脚踏板。铣刀齿在坚硬的牙齿釉上无能为力地打滑，没有留下任何印痕。我用惊人的力量使劲压着：带齿的小轮磨秃了，滚烫的钢锉屑像雪片一般落到我的嘴唇上。

我弯腰朝那张陌生的脸望去，看见一个男人的黄色眼睛眯缝着，像是面对准备立刻扑上去捕猎的野兽。我不由得扔下器械，沿着走廊里的玻璃橱窗和那些贴着照

---

① 蜡菊又名麦秆菊、七彩菊，俗称不凋花，多年生草本植物，色彩艳丽，浓郁幽香，可用来制作干花，或提炼香精，作为高级化妆品原料。

片及标语口号的广告牌狂奔，冲进了第一扇开着的门。在从天窗透进来的微弱光线下，只见金属衣架上排列着芭蕾裙和有衬架支撑的钟状女裙，以及软绵绵的旧绸子衣服，缝在上面的假珠宝已经氧化变色。一堆堆磨破的鞋子，破烂绢花和硬纸板制作的各种吓人武器，散发出一股汗水、皮革和 D. D. T.① 的刺鼻气味。

我蜷缩在那儿，无可奈何地等待着他。

当他迈着缓慢和沉重的步伐，手里拿着我的羊皮封面笔记本以奇特的优雅姿态走来时，我看见他在龇牙狞笑，露出钢铁般的闪光。

"只有火警瞭望塔打开的那一瞬间才能有这般神情。"我对自己说。

---

① 一种特效杀虫剂。

蜡菊田生长机制

(摘自笔记本)

图书馆里的庆典

我弯腰将身躯折叠,
犹如一本书,
眼睛深深地
彼此映照。
内心闭锁的思想趋于
退化,犹如一张白纸
在心脏的一侧与
右手的力量之间。
在图书馆的独特光照下
我缓步前行,
直至找到了
自己的天堂。

赞美诗

请你移开注视我的目光
我已不复存在。
骨骸将融化在
它们的黑暗中,而我
亦将步其后尘
怅然凋零,
铜墙铁壁的天空
将乾坤扭转,而在规律的
苦涩的热量中,
经过多少个世代
我将涅槃重生。
那时,我将懂得生存
毋须任何注视的目光,
犹如巨大的绿色蝴蝶,飞舞在
荒芜的原野。

庆　典

一片黄色的还阳参①田……

茸毛的海洋在空中送行

为搭乘着新娘们的帆船

还有她们的深色梳妆盒。

新娘们在燃烧的茸毛海洋中前行

带走了令人迷醉的芬芳。

陌生的未婚姑娘们的愿望，

有毒的黄色，降落在花丛之中

花儿们呼喊着，呼喊着……

神圣的仁爱之光

从混沌中走向光明，

视野里只留下一片

三角形的黄色还阳参田。

---

① 菊科还阳参属植物，别称天竺参、独花蒲公英等，俗称驴打滚草，可入药，有健身壮阳作用。

整合

我曾经那么高大
迎着四面八方的风
呼喊着,
声音冻僵了
在我的头颅周围,
令我不能再低头。
飞逝的云彩的微风
吹拂银色的发丝,
我开始缓缓地旋转
深深埋入大地之中。
光的利箭从旭日射向
悬崖峭壁,覆盆子的果实
因此甘甜如蜜。

花 茎

花茎深深地吸入了
隐蔽的文本的忧伤,
它的颜色变得暗淡

只有花冠依然透明。

干枯的花朵的天空
布满神秘的星辰——
思想的运动不知道
有什么比知识的地位更高贵：

山回答
枯竭的黄金矿脉；
阴暗的岩洞说
用白色的宝藏装饰的愿望；
汇集清澈的河水——
这是大海内心激荡着的回应。

回忆一旦
充斥书页
忧郁又爬上
笔直的茎秆空心。

颜色重新找到了
自己的灿烂鲜艳
战栗的星辰黯然
从九重天上陨落。

韧　性

如果我也厌恶橙树
那是因为它的根的习性。

噢，我多么热望它摆脱
汁液过多的变异，
金属般的木质，始终如一，
周围星星点点的热风轻拂
对它毫发无损；
我也徒劳地跪在一片树叶上
为这杂交的坚韧躯干的罪过祈求。
从它的韧性的平静中
我吸取沉默的力量
在绿色掠过这个世界的时候
吸血蝙蝠在星星中漫游
夕阳在水晶的世界中
为我的思想照明。

如果我也厌恶橙树
那是因为它的根的习性。

致秋日

"将瞌睡虫从他的太阳穴上赶走,
别让他在悬铃木树叶上久留,
我怕他将会把我忘记。"

他眼盯着远方的
水晶般的雨珠
默默拍打着空气
在天上滑动。
如果能够在知觉中解读
试看眼前:那是
九月的阳光下
从未到达过的信息。

(刹那间,轻飘飘的微观世界
落在他手掌之中,
随即,被飞蚁振翅托载着升空,
只留下一个冷冰冰的印痕)

"别在悬铃木树叶上久留,

赶快穿越阴沉的天穹。
那儿有一个男子在酣睡,
快把他带到我的身边。"

河女神

——在成为
水上之花前
你曾是何物?
而更早之前
在杨柳的花冠下
白鹭抛弃的巢里,
你又是何物?
——既不是神灯,也不是
花萼上好似糖罐的子房,而是
空灵的音乐,
没有尽头的光。
——睡莲早已凋谢,
水鸟也早已飞逝
是什么诱导你在这里
对我废话连篇唠叨没完?

序　曲

闪电落下
从入口处追逐着我。
在森林里,
一只兔子逃窜着的森林里。
在静止的乌云下——
滑翔着的飞虫的乌云下。

我在脑海里解读这个乐谱
感知着雨的节律,
用肩胛骨之间
绷紧的皮肤。

内　心

散发着旧地毯气味的
古老花园,
没有任何隐蔽目标的
透明道路。
光泽正在逐渐衰退的

祖传珍宝旁
沉睡着的蛇。

歌

你名字中的一个"圆"字
就是我的一个温暖的小家。
我蜷缩在其中
额头依傍着膝盖
排遣着我的思念,
消除着我的恐惧。

当我把自己包裹在
你的名字中时
你疲乏地驱散我的困意;
在"圆"字中,在静止的真空中,
我们共度黄昏。

乡　愁

久违的窝棚和树叶的烟雾。
愚昧无知,尘埃闪烁着银光

落满菊花丛与
水晶鱼缸中的生灵。
没有神明的天穹掩盖着
白色陶土的光泽,
悬挂着镜子的墙壁
东倒西歪地倾斜
房门已经无法关闭。

黑暗笼罩一切,如果音乐不把它驱散,
物质也变得纤弱和支离破碎。
有人点亮了灯笼
犹如在灯光下突然有了血色的手
睹物思乡的愁绪依稀浮现在心头。

诧 异

诧异持续了三天。
首先,魔法的苦果
在我头脑里留下了烙印,
我把鹿赶进暴风雪里,为它
整个漫长的夏天我曾积聚香脂
将温度调节得

犹如松枝上的晨曦。
我觉得心头长满
绿色的冰蕨
死灰复燃的火焰
正迎面向我冲击。

另一种排序

或许，在眼睑上
光有另一种排序，
隐约可见冰雪天地的企鹅
围绕着我们在黑暗中
依然能认出它们影子的地方。
这宁静的谛听者催动雪的飘落
而在雪花触摸下
一个花苞渐渐绽放
怀着战战兢兢的恐惧。

绿色的光

如果这场暴风雪令我绝望，
那么为什么当我站在门槛上

脑海里静听冰冷的帘子挣扎时
我的首饰依然闪耀着光芒。

松树间的雪崩落下来
平滑的叶丛将你推开。或许
受惊的鹿下山来求我庇护
暴风雪折断了它纤弱的踝骨。

我呼喊着，发辫重又变得轻松
犹如梦中佩戴的面纱。

山顶上，一束绿色的光在摇曳。

只是一瞬间

只是敞开着的
露台上的
一瞬间，
仅有过的一瞬间。

一滴平滑的露水
落在钢盔上。

苹　果

这是什么人？

你指着冰窟窿旁的冰面中间木然站着的一个大汉问道；此人身穿一件线条像蓝天一样清晰的十分有型的长袍，手握一根铝制鱼竿。望着他，你的指尖冻得发僵。

过了很长时间——声音在这儿传导方式不一样——有人回答你说：

"这是个渔夫。他在捕鱼。"

"这样傻站着，他叫什么名字？"你随口问道。

在你的声音与回答之间，阳光的倾斜度又有了变化。一个看不见的太阳正在落山。

"他名叫孔。"

那个名叫孔的人一动不动，不喘气，鱼竿的角度始终如一。

　　某种暴行使你变得冷漠，因此你的表情如此痴呆，逆来顺受。

一个流浪汉做着下流的手势，随后在你脚上吐了一大口吐沫。你觉得怒火中烧，但你的表情显得似乎欲哭无泪，不能从原地挪动一步。沾满污泥的大肚子公交车吱吱嘎嘎在转弯。

作为平坦路面边框的立方体石块。雪。从一间屋走到另一间屋的脚步勾勒出对角线、圆弧、高矮。横卧的丘陵。即使是野兽的脚印也有一定的规则，从 A 处经过圆心到达 B 处；需要解读为什么这样。

在你的近旁，窗户亮着灯。你将额头贴在窗玻璃上，窗户变成了血红色。

一天，你从学校回来，在盘子里发现了一张纸条，上面写着："我们在太平间。她死了。给你留了饭。"你对着镜子失声痛哭，痛苦有节律地撞击着你的胸口，你使劲咬着一个很香很好吃的苹果。你望着自己的通红的面孔，张大嘴自言自语道："她真的死了，真的不在了。"而头脑里却心烦意乱地夹杂着另一个声音："多么好吃的苹果，还想要一个。"

一个大厅的玻璃柜和半靠墙的蜗形桌上，展示着最多样的各种物质的几何体：乌木和钢的球体，水晶的多面体，复杂的形态带来了实物的完美化和表面的重构，令你记不起任何原本认识的东西。一些几何体有着硬麻布的冷光，另一些看上去像石头一样笨重，但所有的物体上都闪烁着你的鲜血像红宝石一样的光芒。它们似乎吸收、蒸馏并冷静地反射这股从你身上流淌出的永不枯竭的血流。

在"志趣危机"隐隐约约出现的时刻，风除了响起呼啸的声音之外，还能凝固街上的雪水泥泞，能结冰。你浏览着杂志上孤独的航海者胡子长得多长，伟大的得奖者在哪里溜达，以及女歌手们怎么烫发。

你的内容严肃的书籍乖乖地躺在懒懒散散任意堆放的被单下，原封未动。你大声说：一切正常。

你背后已经是黑夜。在博物馆里，集中的视线在高雅的脸上产生同样的答案的射线。但这并没有将你同玻璃窗外面的一切连结起来。你将离开，而几何学也将融化在黑暗之中，就像富有魔力的话语从你的头脑里消失一样。

你正在狂热地为那一天做准备。每天早上，你怀着新的喜悦打开书。付出……需求……你仿佛在接受某种礼物。需要你去发现。"或是金字塔……"有人对你说，而这取决于你认为是或者否的意识。"因为你知道圆柱体和球体……"圆柱体和球体是假设你知道的一对物体。

考试后，你在走廊上摘下了自己的眼镜。人们的身影模糊地颤动着，笑声和线条弯弯曲曲扭动着。忧伤莫名。

黑暗中开始下雪了。脚掌下——冰雪在闪闪发光。在那个已经知道的地方，你用手摸索着寻找身穿棉布长袍的孔。雪花在你的手指间飘舞。

你从楼梯间里看着雨怎样落在废弃的工地上。雨点拍打着筛过的沙子，拍打着石灰坑，以及拆下的脚手架。你思念几何的日子已经有了铁锈的味道。你再也记不得数学假设，或者说，在你头脑里出现这种假设的那一刻，你就把它消灭了，而结论是：感觉比你能想象的强大得多。

这儿一切都如此固定不变，以致你只敢细声细气地呼吸。无论是冰雪、你离开后笼罩着博物馆的黑夜，抑或变化无穷而内容始终如一的思念和要求，都毋庸你置疑。孔是渔夫。他捕鱼。她是易动感情的女人。她不能在话语中捕捉自己的感情。

我在啃一个苹果的时候，毫无悲伤地想着这一切。

黄昏心情

一间高大的房间,沿着名贵木材的楼梯有一排不透明的窗户。

他在半昏暗中画画,因此觉得色彩是如此冷。随着天色越来越暗,他笔下的色彩愈益苍白,直至菊花变成一团烟雾。

于是,我端着古色古香的银托盘中的苦味饮料,走下楼去。我的丝绒长裙抚爱着自 U 王朝以来不复有任何人走过的楼梯。

老太太们的夏天

九月二十四日十五时十五分,中央大街上响起了闹钟的声音,在这甜蜜的午后,我看见了她们。她们走来,在有害的尘埃中,在嘈杂而又平静的交谈声中,抑或在存放于阴暗处的裙子的霉味中。

花店的橱窗里,枯萎的菊花花瓣突然鲜活起来,对面的咖啡馆里,从一个生日大蛋糕上掉落下一朵奶油制作的花。

我觉得心头一阵抽搐,尤其是直挺挺下垂的头发,仿佛数千根针刺痛着我的肩膀。

她们正一步步走近。我清楚地分辨出手里拿着一本书的所罗门夫人。她穿着高跟橡皮套鞋,从羊毛短筒袜里露出了干树枝般的双脚。在这位可敬的夫人背后几步,走过来的太太们穿着更为邋遢,有的穿紫色人造革凉鞋,有的穿扣带高筒靴,还有人臃肿得圆木一般的脚上甚至趿拉着男士家用拖鞋。

两旁树木已现秋色的中央大街,在她们身后关闭了,好似一个带青铜神坛的帐篷。我站在咖啡馆和花店之间,等着她们。我那溢于言表的爱化解了种种复杂的情绪,使我的目光变得温柔。

苍白的所罗门夫人如橙子般的身躯,停留在离我很近的地方。她心怀恶意的眼睛一个劲儿眨个不停,刺耳的嗓音尖利得犹如高音喇叭,老太太们的大合唱响起来,宛若铜管乐队的变调圆舞曲。她们的脑袋变成釉面斑驳的茶炊,空洞无物的药瓶,弹簧断裂的沙发。

我的爱被某种预感困扰着。随后,当所罗门夫人打开手里的书时,这种爱怜之情突然消失了,我浑身发冷,仿佛要晕厥一般。所罗门夫人念道:

"那罪恶的女人吻着手腕,将自己的爱留在别人的血管里,爱怜自己……"

茶炊和药瓶们竭力扭动起来,朽木一般的脖子随微风吹拂旋转着,一个椭圆形的白瓷头像掉在柏油马路上摔得粉碎。

"那个罪恶的女人爱怜自己,只是一日一时表现得温柔驯服,为的是把自己封闭在干瘪的橡实中……"

花店里,果树再也忍受不了那些盆盆罐罐、抹布和熨斗,开始雪片般地掉落叶子,苦涩的气流闯了进来,破坏着一切。我一次又一次轻声说:"我不是老太婆,我还不老。"

但是，她们厨房里水泥地的寒气已经侵入我的骨髓。我每天在那里，如同洋葱和猫的混合气味一样，从一个房间到另一个房间，悲伤地藏身在装着五颜六色破烂衣服的抽屉里。我用骨瘦如柴和颤抖不已的双手把自己裹在旧报纸中，脚跟上套着破袜子，腰间束着独活草和香薄荷。

奇遇大象足迹

地质学家给我们讲着一千二百万年前的生物遗迹的故事，大卡车在一个个桃园旁颠簸着前行。充气船像一具尸体躺在我们脚边。对于这样的遗迹，我或许应该当作奇迹来顶礼膜拜，因为我不能想象一千二百万年是个什么概念，正如不能想象洪荒年代一样。

地质学家还亲切地讲述着陶土年龄的故事，他娓娓道来的言谈令我满怀尊敬。他或许感觉到了，因为他用一个富有戏剧性的动作从几张地图之间掏出一沓照片，放在了我怀里。我敬仰地看着那变成了化石的深沟，直至从照片的闪光中开始出现一头大象的脚掌，但那是一头马戏团的大象，长鼻子里卷着一个穿着燕尾服且油头粉面的驯兽员。我不由得摇了摇头，车外的桃园也同我一起摇头表示强烈否定。

在地质学家的声音消散远去的同时，我又重新看了照片。

充气船开始缓缓地深呼吸和膨胀，它那灰色的皮具有了活力,随着越来越频繁的喘息声,在我们头顶上的司机驾驶室和卡车的车头上伸展开来。它吞没了前面和后面的道路,吞没了围着铁丝网的果园,吞没了海滩。里面的空气弥漫着湿雾和咸味,吸着这样的空气,我们所有人都变得很脆弱。

"是一头孤独和瞎眼的巨大哺乳动物。"地质学家呜咽地说。

我膝盖顶着嘴喊道:

"没错,就是它,我们是它的活着的崽子,正同这部橡胶汽车滑向不知什么地方,除非时来运转我们才能出去。"

从我的说话中只听得见元音,犹如抽抽噎噎的哭声。在车帮的淡黄光线中,我看见满脸皱纹和缺牙的司机如何踩住刹车,手里拿着弩弓踉踉跄跄走下车去。空气热而潮湿,我听见他的踢里踏拉的脚步声,随后再也来不及去想任何事情。随着震耳欲聋的嘶叫的喷气声,这巨大的怪物轰然倒下了,橡胶皮碎片像头巾一样盖住了我,闷得我窒息晕厥。

阳光使我清醒过来。我无能为力地在一个巨大足印的深渊里挣扎着,而在太阳直射的高空的某处,地质学家的汽车像一只小小的苍蝇漂浮着。

森林的清洁

城边的小树林刚刚越过冬天,引发我的怀旧,厌烦,爱,恨。一切都仿佛沉积在一个必须"使用前摇匀"的小药瓶里。我开始行动起来。首先,将纸片归拢——在一张脏兮兮的宣传画上我读道"请保持森林清洁"——然后把褪色的破布、玻璃瓶、一双磨掉了底的"网球鞋"和其他破烂收拾一过。我低头望着痛苦的堇菜和病恹恹的花草。这样清扫着,忽然发现阳光正照在我的脖子上,给了我新的活力。我还有许多事情要做:清除灌木丛中的干枝,赶走树洞中的甲虫,焚烧发臭的垃圾。

我这样勤劳地干着——确实,很少见,一连辛苦劳动了数十天。什么也不能阻止我。当我坐下来休息片刻时,不由得开始想这是为了什么和为了谁?谁会抚摸着我的头夸奖我的勤劳?

现在我依然很热衷于归置整理。我发现了一个生锈的双耳锅,用最好的土填满,种上矢车菊和青草。还想找一个地方，发挥它的价值。

我拿着它来到森林边，那里有一个里程碑，上面没有写任何字。我想那是它的安身之所。然而，越是走近那儿，我越是清楚地看见树干之间有一个黑点，遮蔽着我的视线。我或许能赶它后退，但多么奇怪……我手里拿着双耳锅，这样迎着黑点走去，步伐变得很庄重。走了很长的路。我的头因开始困倦而垂在肩膀上，于是看见：我的衣服袖子早已消失，针脚在油腻腻的衬里上标出了它的位子。纽扣孔前，一个黑色的棉线蜘蛛在一条粉笔的点状线上窥视着。我每走一步，粗毛料的衣裳就裂一个口子，有着牢固的几何结构的板型消失了，在阳光下露出了失去感觉的娇嫩的肉。

我近乎变成一个黑影，浑身赤裸，两手紧紧握着锅把，而锅里的土变得越来越重。

含矿物质的苦栎树是那么高大。在我面前有一挂无声的马车——几匹木马，加上两根木柱充当马夫。

我抵挡不住将我吸进马车的涡流。

我在苦栎树之间行进，不由得想着水塘的花丛中生长的蝴蝶，随后细密的阳光在我眼睑下旋转。

当我能够看清楚东西时，发现自己置身于一堆蠕动的躯体、破烂、报纸和食物的碎片之中，它们在令人窒息的宁静中挣扎。

我看见了大睁着的眼睛，印花布条，长着长指甲的趾骨，呼喊着听不见的吼声的大嘴，以及那种在树叶中滤过的阳光下精疲力竭的无谓挣扎。

我被卷进了痉挛的迷阵，从第一秒起，它的节律就吞没了我。一绺女巫的头发鞭挞着我的脸。浓重的臭气令我窒息，我被拖向密林深处，绝望地试图抓住什么，以免受伤，但我的双手被那个装满泥土的双耳锅牢牢黏住了。一个个滚烫的肉球擦着我的额头飞过。我正在被淹没，一只肮脏的"网球鞋"压着我的脖子。

我怎样才能蜷缩成一团，将自己隐蔽起来，不再停留在那儿？即便是能找到宽慰自己、打破这寂静的言词也好。我把那该诅咒的双耳锅举到头顶上，吼叫出了首先进入头脑的口号：

"保持森林清洁！"

我挺身站立着。十二个人围成一个大圈盯着我。

惨淡的阳光冲洗着他们木然的身影，形成了淡褐色、白桦树的灰白色和栗色相间的条纹。

干瘪的果实掉落在石板上的嘈杂声，仿佛是一个信号，一个家伙开始向前走来。他的脸如同树皮一样布满刻痕，长串的蚂蚁在他的大氅上绣出了从未见过的图案。衣服底下露出了在闪闪发光的石头地面上抽搐的根须。他伸出一条节疤累累的胳膊，将我的衣袖递给了我，随后从双耳锅里抓了一把土作为报酬。他退回原地，开始渐渐沉入地下，直至在大理石面上只剩下头顶上的干枝，僵直地插在小土堆里。

这样的场景接二连三地雷同重演，另一根新枝降落到圆圈的弧形空位中。

我重新逐一捡起衣服碎片，将它们粘贴到位，就在一个个插着新枝的小土堆围成的圆圈中央，整整齐齐地穿上了衣裳。总共是十二个小土堆。

空双耳锅拔地而起，变成了一个穹顶。我的双臂伸向3和8。我是正在旋转着的天穹，我的双手可以随意快速地追赶时间。

树木在我周围生长着，它们的叶子干净得透明。

奇遇居纳尔

居纳尔把一个纸箱放在我的窗下,怀里抱着一只公鸡乖乖地待在那儿。我想与她说话的时候,她从来不回应,或许她不明白,她的一双杏眼是那么茫然,使我觉得心惊胆寒,而房屋粗糙的墙壁似乎也在发热。

公墓那边,蟋蟀狂叫不停,加剧着我的呼吸;我竭力改变呼吸节奏,直至神经系统变成一团大荨麻。

从前某个时刻,这儿是村子的边缘,但大海赐予了鞑靼人财富,土坯房伸展到远处的原野,面对长满飞廉和菊苣的荒坟,人们早已习以为常。不仅如此,面向公墓的房子在度假者中间更受欢迎。黄昏时分,我听见他们开着贴着花花绿绿招贴画的汽车,朝放着音乐,散发着烤肉排和牙膏香味的疗养中心驰去。村子陷入一片寂静,一群群鹅在宽阔的胡同里摇摇摆摆地闲逛。

随后,公墓里的蟋蟀开始狂叫,居纳尔怀里抱着公鸡坐在我的玻璃窗底下,房间慢慢从昏黄转向血红,然后陷入一片灰暗。绣着《经书》警句的绣毯,门边盛满又苦又咸的水的木桶,插着蓝色鲜花的玻璃花瓶,全都陷入阴暗的暮色。居纳尔每天为我更换鲜花,我敢肯定,那是从公墓里整株连根拔起摘取的。

那个夜晚,我依傍在房间的墙壁上,感到那样宁静和安适,以致相信自己将永远留在那儿,在居纳尔的保护下度过冬天,忘记了以往的生活和我出生城市人流滚滚的人行道。我的躯体仿佛在热空气的覆盖下,进入了另一个惰性的黑色躯体。任何愿望也不复能使我睁开眼。公墓里,蟋蟀为我放慢了呼吸。它们相同的两次呼吸之间出人意料地协调,好似天平刻度般的二等分,进入超然物外的境界。

然而,突然有人开始敲钟。钟声的急剧震荡撕破笼罩一切的夜幕,暴露出我鲜活而痛苦的肉体。声波冲击着墙壁,墙上的灰泥开始崩裂,好似遭雷劈电击一般。我的潜意识突然爆发,很想像大钟一样摇晃,但我不能有那样大的动作。纱门帘像翅膀一样随着声流飞动;我不安地从它下面走过去。我的窗下没有任何人,苦夹竹桃支棱起了叶子,而声波的半圆在空气中搏动。胡同里的灰土亮晶晶地闪烁着。透过灰土,一个个十字架成为黑夜的痛苦和无序的象征。我向前走去。一个带着外国口音的粗犷声音喊道:"小心!"我脚下踩扁了一个冰冷的蘑菇,蟋蟀的大合唱变得越来越弱,勉强能感觉到。我感到害怕,迅速走到两侧,但另一个来自较远处的比较压抑的声音呻吟道:"小心!"我不由得陷入惊慌失措的脆弱境地。误入歧途的感觉引导着我,不得不听天由命地走着,暴饮暴食的倒霉夏天伴随着我;小心,小心,小心,每一个动作都传来这样的警告,但脚掌依然习惯于重重地踏下去,踩扁脚下软绵绵的东西,尽管蟋蟀的叫声已经越来越弱。当我重新接触到硬实的土地时,惊讶得不相信那是真实的。在令人窒息的黑暗里,不再有蟋蟀的鸣叫,而只有浩淼的海水拍击声和钟声。我战战兢兢地抬眼望去,面前是立在单薄的细长腿上的钟架,犹如一只几何图形的昆虫。居纳尔在钟锤的巨大绳扣旁摇晃,身上穿着的破烂裙子在飘荡,杏眼里闪烁着异样的光。公鸡一动不动地站在钟架顶棚上,伸长脖子眺望着大海。海上,有一艘舰艇的灯光在远处闪烁。

我看见公鸡张开了喙,喊着:"小心!"居纳尔哈哈大笑着向我走来。巨大的绳扣猛撞在我的胸口,钟的轰鸣熄灭了大海上的所有灯光。

毫无意义的奇遇

在贝壳和石子上行走多日之后，公路对于我的脚掌来说倍感温柔。偶尔有挂着外国牌照的汽车驶过，趴在驾驶盘上的大胡子家伙们，肆无忌惮地窥视着我。

阳光在后背的什么地方烧灼着我，而我的一头金发令人尤感沉重。我沿着路边的阴沉呆板的野外军营走去。铁丝网后面，几个大兵俯卧在草地上。一个大兵冲我喊道："我多想还与你同睡，小母马，像搂着一个手风琴一样任我抚弄弹奏。"我径自走着，在他们剃得光光的脑袋里，我犹如平坦公路上的一辆挂着外国牌照的小轿车。侧睇望去，只见一片向日葵林，我十分兴奋和谦恭地停下了脚步。但强烈地感到背上的阳光烧灼，觉得自己卑微得应该匍匐在地跪拜。我离开公路，走进向日葵林。在我心头，猛然感到一种醒悟的慰藉，犹如延伸至地平线的原野的整个浑圆背脊，不由得轻轻地耻笑那军营远去的军号声，它们对我没有<u>丝毫</u>约束力。现在，日落之后，向日葵就是站着熟睡的士兵，我可以在他们的熟睡中大摇大摆地走向自由的另一天,走向变形了的云。

突然,我听见背后有脚步声,以及噩梦般的粗重喘气声,大风扬起灰土,迷住了我的眼睛。

我开始奔跑起来,沉睡的士兵们在睡梦中富有节奏地默喊着加油。我的脚被罐头盒和玻璃碎片划伤,而身后沉重的脚步声紧跟不舍,我害怕得不敢回头。

或许我不应该说自己是自由的,我并不自由,有着各种亲属关系、感情关系和衣食关系,是与这片土地、篱墙和道路紧紧联系在一起的。

或许他们会问我为什么喝海水,或许将剪断我的头发,因为那是金发,或许将拿走我的近视眼的屈光度,在他们中间分配。

我没有任何能扔到后面去建造森林、湖泊和大山的东西。那里是广阔的平原,而我只有不能扔掉的自己的名字,它无论如何也不会变成任何东西。

我跟跟跄跄地奔跑着,终于跌倒在地。

突然,干枯的向日葵相互碰撞着,黑色的葵花籽啪啦啦撒落在地,撒落在我的土地上。

三叶草

　　拖沓的白昼如同一顶被撕得破破烂烂的降落伞，重返大地。湿漉漉的柏油马路和倒影朦胧的路灯，见到的他是这般模样：脚蹬高筒皮靴，长脚鹬一般的大长腿，加上蒙蒙细雨下的一个形如核桃的脑袋。

　　早上，红绿灯见到的他也许是另一种模样，因为在他近旁，各种色彩都在变淡，向着绿色转换，而玻璃窗上雾气蒙蒙的公交大巴彬彬有礼地专门为他停下，邀请他上车。

　　在依稀可见的树林间，珍贵的一天开始了，天空却是阴沉沉的。自由的假日——那是一种补偿，可以摆脱铃响不停的电话，令人厌倦的重复同样词句的讨论，以及不得不在上面签字画押的打印文件。自由的假日是与"良好的服务关系、广泛的职业经验"的评价同时获得的，是忍气吞声辛苦工作多少年换来的。

　　公交大巴早已到达了终点站，只剩下他一个人与斜眼的女售票员还在车上。下车时，女售票员觉得有必要赠送他一副太阳镜。天空变得非常明亮,沉睡的公交车和关着门的清凉饮料售货亭勾画出了压抑的气氛,自由的时间在他面前静悄悄地流逝。

在一栋大楼的某个地方,沿着日光灯照亮的一条条长走廊,一扇扇门乒乒乓乓地开开关关,打字机滴滴哒哒响个不停,时时爆发出吵架和大笑声。刹那间,熟悉的喧哗重新出现在他耳际,随后是令人感到更其幸福珍贵的宁静,间或夹杂着窸窸窣窣的翻纸声和啾啾唧唧的鸟叫声。

他离开公路,走进一条开花的三叶草镶边的小路,重又找到了年轻时的步态,双手插在口袋里,觉得在这开阔的田野里,生命获得了直至白热化和充分燃烧的活力,他本身消融为自由自在的时日。"这是一个超脱自我的日子,"他自言自语道,不知道是自己真这么想抑或在背书,"我被早已遗忘的花草,被鸟儿和大地的温暖吸收了。自己所剩的只是一具干皮囊,惊奇填满了它的空壳。"但是,一道枪形铁条的栅栏伸展到他的视线所及之处,如同一道格子的大幕突然截断他的去路,而在这道幕布背后,皇家玫瑰在挺直和多刺的枝条上如火焰一般闪烁发光,以密集的行列排成与铁枪平行的又一道屏障。

花朵的密集张力集拢着阳光,照得他几乎眼盲。他不由得把额头贴在栅栏上,而枪形的铁栅栏条一经他接触,立即变弯,留出了他钻过去的空当。他听见身后枪杆弹回原形的铮铮震荡声。

玫瑰犹如一群看家狗,挂住他的衣服,撕烂他的皮肉,它们耀眼的颜色犹如闪电,迫使他闭上眼睛,挣扎着摸索前行。

一走过皇家玫瑰丛的边界,丝绒般柔软的其他品种的玫瑰散发的浓香扑面而来,熏得他头晕目眩。在前沿的守卫者们后面,这些近乎黑色的巫婆试图扣留他,将他埋葬在藤蔓和绿叶丛中。她们用湿润柔软的花瓣抚爱着他的脸颊,啃咬着他的脖子和嘴唇,将明亮的绿叶渗透进他的衬衣缝隙,深情地贴在他的胸前。硕大的花冠妖魔一般膨胀着,眼看就要把他吞进它们神秘的黑色花蕊里,而他没有任何记忆,或许只带着一段遥远时光的回忆,甘愿忍受这甜蜜折磨的身躯不由自主地沉沦其中,不能自拔。然而,仿佛一张幕布似的一群蜉蝣走过,把他重新在花丛中间隔离开,他左冲右突夺路挣脱了它们的热情纠缠,直奔一块空草场,那里分散着茶色和黄油色的大蔷薇花丛,以及同它们情如手足的田旋花和锦紫苏花,放行让他通过。

他听见自己沉重的呼吸,感到血流在突突搏动,充斥着一个战胜者的骄傲的男子汉气概,却多少又有点失望地躺在了温顺的草地上。

疲劳迫使他停留在草场中间。他躺在草地上,仰望着将云彩的温暖降落到他脸上的白色天空,内心品味着自由自在的假日的愉悦时时给他带来的固有的爽朗。他这样躺着,睡意矇眬,直至感觉到似乎有人在注视他。确实,一只金绿色的孔雀在专注地审视着他,随后突然开屏起舞,好似数十只眼睛的蓝色光圈在瓷器般光滑明亮的天空下旋转。一声尖叫——既是召唤又是口令——将一个人呼唤到孔雀身旁,此人像一个傲慢的皇室大管家,走在前头引导客人穿过一个幼大叶椴小树林,走向一栋简朴的房子。几级木台阶上面是一个外廊,廊檐下排着一溜打开的笼子和禽舍。孔雀幼崽们熙熙攘攘地乱跑着,后面是像哨声和咕咕笑声一样鸣叫着的母孔雀。门也是开着的,在半明半暗的气流中可以窥见一个几乎是空空荡荡的房间。在一面墙上,一个用烟熏火燎过的木头粗糙地砍成的橱柜陈列着一个个玻璃器皿,里面装满形态和颜色最多样的种子:从桃子的齿状边缘的果核到夜来香籽,无所不包。

这个耀眼的展览呼吸着屋内的令人愉快的凉气,在罂粟籽的黑色中映出近旁这个人的形象:成熟,具有优雅的男子汉气概;但是,现在他走得更近了一点,可以发现他颌骨的线条暴露出了他的缺点——介乎谨慎与恐惧之间。这种性格促使他始终保持在"明智"的界限之内。

"……一位富有魅力的明智先生。"外面传来显然是刚想到就随口说出的话音。

"阿卡尔,该把你的羽毛全拔掉!你明知道不允许屋里有外人的气息。"另一个什么人用沙哑的声音大吼道。

"但是,女主人,他通过了玫瑰丛,双手很有力,很整洁,看来十分疲劳。"孔雀动情地叹息道。

"这么说,你很喜欢他,那么让咱们以礼相待。把井边的所有队伍集合起来,提醒他们应该做什么。"

孔雀以尖叫声吹响了紧急集合号,与此同时,"明智"先生在头脑里反复思考着道歉的表达方式,却苦于找不到任何一个合适的词句。

"请原谅我,您提醒了我。"他纠结于依然不知道对谁说的用词。

云彩此时在不同的大气层里移动着,它们的运动促使五月的混杂的芬芳在空气中扩散,从中可以分辨出一个穿着象牙色衣衫的身影——像芬芳的香味一样稍有质感,或者可以说是它们的物化——宛若在突然淡化的景色中,一帧滑动着的黑白照片。他仿佛在观看一部经过剪接的树叶合成的影片,其中的音响突然震耳欲聋。

"先生,从抵达这里的那一刻起,您就必须告诉我们想要什么。"

这个被称作"女主人"的女人，面貌像水磨过一样光滑，身材纤弱，近乎失血，而她说话的声音却与此大相径庭，吱吱嘎嘎宛若破锣。听到她的话音，他觉得激动的情绪如芒刺一般从胸口直冲上嘴唇。

"请原谅，您提醒了我，"他结结巴巴地说，"……我……迷路了……"

令他诧异并充满好奇的是，尽管控制激动的努力使他紧张到心头发痛，但他平常像洪钟一般的声音颤抖得勉强能听得见。他深呼吸了一口气。周围，模糊不清的五颜六色的景致重新鲜活起来。

"我应该走了。"

"这不可能。现在你是我们的客人。应该听话跟我走。"

"我不认为自己能听话。"他本想这样说，但那个女人已经向他伸出了胳膊，轻轻地依傍着他的肩膀，引导他穿过一个个矮牵牛和绣球花花坛，穿过越橘丛的迷宫，走向一个水井。从远处就可以看见水井的辘轳，一只玻璃的水桶挂在笔直透明的苦栎树藤上。

那里，犹如童话中一样，一群集合起来的动物在等待开会：眼睛温柔地闪烁着的一头鹿，在假装睡着的山猫旁边，一群乌龟不安地颤抖着，一只含羞答答的白山羊，一群刺猬、蛇和猫头鹰，一只脚上包扎着绷带的仙鹤，一只懒洋洋躺着的狐狸用尾巴尖嘲弄地敲打着草地，松鼠和兔子们不耐烦地胡乱蹦跳着，而在附近的一棵核桃树上，多姿多彩的鸟儿们正在开会。

孔雀阿卡尔在井栏上张开了羽屏主持集会。

这个鲜活的画面的所有因素，无不具有一种久已抛光的物质的亮光，所有的线条与洋溢其中的色调和运动如此和谐地交织在一起，浑然天成，以致这个男子身不由己地抽搐了一下，为如此美景动容。"一个神圣的抽搐。"他自嘲道。

"女主人，"孔雀庄重地开始讲话，"尊贵的客人……我们集合在此，为了……"

"够了，阿卡尔。"女主人满意地看一看周围，然后回头面向客人说，"我看到你赞赏我们，外乡人，但我知道你不理解。你们，在你们的世界里，自负地以为理解所见到的一切。我不能驱散你现在的困惑——以后你将会把它作为一种快乐而时时回忆。我只能对你说，这些生灵是友善的，因为他们没有经历危险。尽管你觉得它们的形象无比普通——通过我不知是什么样的好奇心，你们在幼儿时代就熟悉它们——但它们并非是一般的牲畜。它们内心的开朗通过呼吸的气息传播到周围，它们与大自然的律动完全一致。因此，在这儿，在我身边,花朵与动物,树木与鸟儿,都有着同一个心灵,只是通过各种不同的美丽形态体现出来。而我好像一根天线,接收着它们的一切话语;有时候无意中还接收到远方的音乐;另一些时候,在静悄悄地趋于平展的地面下,传来从未听见过的温暖旋律:果实对于承载它的花茎的羞怯的爱,一头鹿吻着水面上的月亮,山猫跳起来吞噬自己影子留下的露天空地⋯⋯"

局促不安的"明智"先生,试图赶走心中油然而生的一个想法:这个激情飞扬的女人——"一个疯子,轻度狂躁症患者",他迅速诊断道——实际上表达了他的一个模糊的夙愿,只是面对办公室冰冷的水晶玻璃桌面,在长期疲劳工作的岁月中一直被虚伪地故意压抑在心中。有时,在昏黑的纸堆,烟灰缸散发着污浊的烟草臭味,电话铃声的断断续续震颤中间,心头不由得产生完全沐浴在爱中的渴望。于是,他打开了朝向铁路的窗。这是唯一能做的事情。

"你或许奇怪能听懂孔雀说话,"在插满花瓣的帽子下,话音在继续,"我的所有动物懂得使人理解的奥秘,但是你,外乡人,还不允许知道这个奥秘。"

"对,对,"鹤胡乱插嘴道,"我们的奥秘是通过辛劳换来的!"它试图用尖利的长喙揭下脚上的橡皮膏。

"你安分一点,"蛇发出嘘声吆喝道,"你痊愈时,我会给你解开绷带的。"

"我本不想咬你的,"狐狸辩白道,"我再次请求原谅,但我当时做了一个梦,不知道怎么……"

这样小吵小闹的相互斗嘴的戏剧场面继续着,尽管说话的声音似乎雷同,却做着鬼脸模仿不同的人物,声调时而低沉,时而尖利。动物们在水井周围的广阔舞台上活动着,被一根根看不见的线操纵着,在充满意外和惊喜的舞蹈中离开和走近这个新的来客,可以说是超越了表演界限的一场游戏。

女主人亲自用沙哑的声音说着开场白,不再完全置身局外,而是同所有的动物和植物角色融为一体,揭示出新的来客不能充分理解其深意的某种真谛。

"请说说您的意见,"孔雀对他说,仿佛是在对一群孩子说话,"应该驱逐还是原谅狐狸?"

白山羊低眉顺眼地走近过来,用一种迅如闪电的亲昵姿态将额头贴在这个男子的手上,然后抬起潮红的近视眼悄声耳语道:

"我不能生育。农户们要宰我,但有一天夜里,狐狸在用牙齿咬掉了我脖子上的小铃铛之后,指引我来到这儿。这儿虽然与我出生的农庄毗邻,但我以前从来没有想到过存在这些花园……"

"不对,不对,"乌龟们怀疑地摇着头说,"狐狸横行霸道，赶他走。即便是山羊，现在也不敢安稳睡觉，它曾经指着自己的皮肤诉说狐狸的牙齿有多么尖利。"

山羊否认，把恳求的眼光投向啾啾叫着争先恐后表示同意兔子和青蛙意见的飞鸟们。"明智"先生在狐狸的讼案中从旁观者转眼变成了裁判者，而狐狸始终用一种嘲讽的眼光打量着他。

"够了！"女主人一拍手掌喝道，对于原本想炫耀自己威力的表演出现了意想不到的转折颇感恼怒。"我们的客人累了，或许还饿了。你们各自去干自己的活。我和阿卡尔来招待他。"

她用一个优雅的动作再次挽住了男子的手臂，在夹着尾屏的阿卡尔陪同下，迅速拉着他离开了舞台。

在他们身后，嘈杂的声音突然一片死寂，集会被一只看不见的手中止了，寂静不自然地笼罩着周围的一切。甚至他们的脚步声也被割过的干草，以及一层层干树叶和沙土压抑得静悄悄的。不远处出现了菜园。"明智"先生对陪同的女主人说，他确实饥肠辘辘。女主人久久注视着与他那宛若人造的古铜色皮肤相反的花白头发，以及嘴角周围的皱纹，这富有活力的整个外表说明这个男人在没有感到任何危险的时候，不会作恶，但也不会行善。他突然微微一笑。女主人不再是一个抽象的人，她纤弱的手臂感觉到依傍着的肩膀十分坚实，近在咫尺的那双眼睛含着脉脉温情的热度，有力的牙齿在闪闪发光。她不由得打了个战栗。

"请吧，请你随意采摘和享用。"她指着一大片早熟的西红柿、草莓、绿色的洋葱头和刚刚喷洒过水的生菜说。

蔬菜闪亮着高雅的光，丝一般的西红柿皮与生菜的鲜绿相映成辉，草莓的鳞片紧紧包住了芳香扑鼻的微酸果汁。他开始像孩子一样高兴，贪婪地把各种蔬菜混合起来大口咀嚼，鼻子闻着小茴香的香味，两眼反复观赏胡萝卜的车刀般的形状，手里摇晃着像钟舌一般的豌豆荚，手指间噼噼啪啪地玩弄着胖乎乎的柿子椒。

陪同他的女主人悄悄地抽身走了，听任他不知羞耻地快乐享受那些融化在嘴里的芳香、颜色、形态，但所有这些都解不了他的辘辘饥肠。他早就习惯于吃大片面包加沙拉的早餐，一想到此，西红柿失去了滋味，它们的肉泥酸得令他倒牙；草莓变得像白水一样无味，而豆酱使他恶心欲吐。

他停下来看着暗下来的天空，空气里依然弥漫着暴风雨将至的气息。

白山羊在菜园附近转来转去，用蹄子刨着土，不敢走近。男子向它做了个手势。它是那么紧张，东张西望地走近过来，似乎想贪婪地吸取男子眼睛里的淡褐色的闪光。

"嗨，说吧。"他温和地鼓励道。

山羊撅起嘴，发出咩咩的滑稽叫声。它的泪汪汪的卑怯的眼睛紧紧盯着他，从中可以读出：

"女主人为你在廊子里的鸟笼中间安排了睡铺。狐狸确实吃兔子和鸟，但谁也不知道。它事后装作很满足于吃西红柿和黄瓜。我夜里啃玫瑰花，而山猫到外面远处血腥地捕猎，用萤火虫贿赂密探阿卡尔。母兔们记不得自己的幼崽，而乌龟们出于厌倦而自杀。你最好还是离开，逃走，否则这个巫婆将会像对待我们之中的任何同伴一样爱上你，而你将不得不说谎，声称采集腐烂的果子和种植也将腐烂的其他蔬果感到很幸福。你的皱纹将消退，你的头发将变成棕色和光滑，身体将变得柔软，但你将忘记自己是什么人。跟我来，我给你指路；对你了解得越多，我越是喜欢。夜里，提防狐狸作恶，我的朋友，我将记得你的衬衣的色彩，将在反刍玫瑰花时回忆起你淡褐色的目光。咱们走吧。"

他们经过了一个个扁豆架、葡萄棚、椴树幼林，默默地走到一条干枯的河上的一座桥头。

他们在那里停下了脚步，男子抚摸着不育的山羊的光滑皮毛，而山羊用嘴摘下一朵三叶草花，递到他的面前，仿佛是在说"再见"。

奇遇"假面女"

雪在煤气路灯光下飘落着。透过装饰着铁铸花纹的路灯和它的小窗口,可以看到火焰在挣扎着跳动。

一个军官对我说晚上好。我没有听见他从后面走来,街上覆盖着雪,行人稀少,我很高兴有一个路伴,我的眼镜蒙上了一层水雾,仿佛走进了一间温暖的房间。军官身后跟着一条狗,它的外形消失在飘落的雪花中。

"你可看见它有什么样的目光?像人一样。"

我没有看见,但我一点也不喜欢这样说:一条有着人的目光的狗。想必那是一个无处安身、摇尾乞怜的乞丐的目光。我的眼镜上淌落下的水滴折射出五颜六色的物影——一棵老式的圣诞树……用丝带包扎的礼物……橘子……随后,我的视线又变得很清晰。军官趾高气扬地与我并肩走着,狗的足印像星星一样布满雪地,我们三个生灵用呼吸,用我们的灵魂劈开冰冷的空气,在路灯光下映出相互盘绕的半透明的叠影。

我沿着我们身旁的一栋栋被石膏女像柱和山墙压得几乎累垮的建筑走去，在山墙的圆雕饰中刻着罗马数字，想来那是建筑年代。我经过与雪交织在一起的漂亮的铁栅栏，狗把嘴塞进一根根像断了头的铁枪似的栅栏条空隙里。它先是用鼻子嗅着，然后用它那人一样的眼睛看着我们。

我暗自研究着偶然相遇的同伴。他的帽檐下有一张消瘦的脸，颧骨紧绷着皮肤。我很高兴，因为我始终觉得瘦弱的人像自己的兄弟。他有点单薄，黑色的眼睛颇有讥讽意味地笑着。我们谈论着这个话题，我的头发渐渐地结了冰，长长的发丝变得亮晶晶的，每走一步都叮叮作响，仿佛我是一匹拉雪橇的马。军官很有分寸地嬉笑着，我也在被寒冷冻得通红的脸颊上露出了笑容。我很愿意拉着他的手。

狗不见了。我们向后看去。它正围着一扇开着的大门转来转去，闻着门周围的雪，然后抬起嘴，开始狂吠。我们回到它身旁。它以一种习以为常的令人烦躁的速率吠叫着。我竭力想抓住混乱的回忆的开端，不由得啪啪地弹了几次响指，终于轻松地解脱了：

　　乌拉！云中的雄鹰
　　骄傲地吼叫三声。

从覆盖着狗那断断续续的叫声的房子里,传出悲伤的华尔兹舞曲音乐,在开头的几个节拍之后,开始在低音部位拖沓放慢,吱吱嘎嘎的,就像一张破旧唱片那样。军官突然抓住我的脖子,将我猛推向人行道上。我惊恐莫名,紧紧悬挂在他身上。我们俩一起肚子着地,摔倒在雪上。我等待着听见枪声。狗也肚子着地摔倒在地。一片死寂。我想起了一出英雄剧中的军事行动。雪在我下巴下融化,我觉得很冷。他的手压在我的脖子上;我猜他此时表情十分凝重。

"至少是一次爆炸!"他对我耳语道。

我在他的手底下挣扎着,抬眼望去。大门开着,台阶上的雪完好无损。再往前是一扇雕凿成一个个三角形的厚实木门。从钥匙孔里透出一线光来。

由于激动,我的头发开始解冻,通过发丝的细长水流,我感觉到从钥匙孔里飘来一种奇怪的气味。

门打开了,出现一个苗条得失真的女人身影,穿着一件长长的衣服。她很瘦弱。是我们的同类!她这样站在透亮的门框里,浑身瑟瑟发抖。军官向她投去一束手电的强光。我来不及喊一声"不",已经看见了她的脸,啊!那是一张瘦骨嶙峋的马粪纸脸,上面挖出了两个眼睛窟窿和一张阔嘴,好似悲剧里的面具,一个钢琴的键盘在里面默默地弹奏着。手电光一路下移到纤细的锁骨，轻柔的裙子，雌鹿般的脚踝，以蝴蝶结为装饰的银色小高跟鞋。我再也忍不住了。

"摘下你那鬼脸罩！"我喊道，但声音很弱，显得发虚，淹没在此时狂怒的狗吠声中。军官命令道：

"追踪可疑分子，前进，盯住她！"他一跃跳上了台阶。

"是可疑分子，可疑分子，我早就告诉过你们。"狗献媚地吠道，后足立在台阶上欢蹦乱跳着。

我大衣前摆上沾满了雪，紧随在他们后面。灯光熄灭了，在喧哗声中，那个女人消失了。

我懊恼地跟在军官身后走进了屋子，狗关上了门，摆出一副它很清楚应该干什么的神情，这令我感到羞辱。我不知道为什么来到这儿——来旁观，抑或参与？站在哪一方？——这使我的面貌像狗一样可悲。

这时，军官找到了灯。忽然大放光明，犹如在剧院里，当一个角色点燃一支小蜡烛时，你非常清楚地看见了一切细节，因为与此同时置景工点亮了三盏反光灯。噢，一盏多么漂亮的煤气灯，黄色的灯罩上绣满了樱桃枝！我们在一个客厅里，但十分高大，像一个图书馆，里面摆着一架白色曲尾大钢琴，银制的花瓶里插着蜡菊，柱廊的帷幔同样是镀银的。还有一张小转椅。军官仔细搜索着所有的角落，翻箱倒柜，查看一幅幅画卷的背面。狗翻阅着书架上装订得很漂亮的一卷卷书籍。我猜测他们是在搜索"假面女"，但我没有过问，因为我压根儿没有兴趣去寻找她。我试图阻止狗用牙齿撕碎一本相册的摩洛哥羊皮封面，但它向我扑过来吠道："别插手，我们正在搜查！"

我坐在钢琴旁的小转椅上，开始旋转起来。我用脚使劲蹬着，加快再加快，椅子突然高高耸立起来，将我甩了出去。我整个身体向前冲去，不断旋转着，水珠从我的头发和大衣上跳落下来，真是太奇妙了。直至我的脑袋碰到天花板，感到大脑在震荡。如我所愿。现在很好。我有了居高临下的视野。军官究竟还在搜寻什么，他的狗专注地盯着地毯，又在想什么。在这高处，空气中散发着飞机的气味。

"嗨，"我喊道，"别动橱柜里的茶叶抽屉！'假面女'藏在钢琴里！或者说，钢琴藏在她身体里！"

他们可能没有听见我的话，或者根本不愿意听我的话，因为军官正在依次打开一个个白色的抽屉，把其中的东西拿出来闻闻，然后扔在地毯上，而高高匍匐在一个五屉柜上的狗，正在龇着牙照镜子。军官的闪闪发光的大檐帽此时跟在帷幔后面旋转，而狗在玩弄着帽子上的扇状翎毛饰。我开始觉得厌烦。头顶上的天花板冰冷冰冷的，比普通的天花板更冷，更滑。

我抬眼望去。那不是天花板，而是一扇被雪覆盖的天窗，在左角上，两个黑色的空眼眶正透过玻璃盯着我。这个家伙的鼻子不是扁扁地压在玻璃上，而是顶着玻璃，我觉得马上就将顶穿玻璃。钢琴键盘，尤其是黑键，冻得咔咔作响，或者是在用令人恐怖的旋律演奏一曲地狱华尔兹——恐怖华尔兹。我朝着她的方向做了一个表示支持的手势，尽管并不确信自己能否被她看到。我焦躁不安，向她致意，用眼睛示意，做着鬼脸，想使她确信无须害怕，我并不赞同这种搜查，且与"大檐帽"和他那条目光迟钝的狗并非一伙。我根本不认识他们，过去从来没有见过他们。我在上面，同你在一起，"假面女"，你的裙子很漂亮，高跟皮鞋多么时髦！我向你发誓，我从来没有对任何人说过这样的话：你的高跟皮鞋多么时髦！我将把你的所有茶叶抽屉和《狂飙突进》文集按原样整理得漂漂亮亮，但请你摘掉那可怕的面具，让我们像兄弟一样相处！

我中断了自己的独白，因为对搜查没有成果感到厌烦的军官打开了钢琴盖，用一个手指在琴键上摸索，开始恢复华尔兹跳跃的旋律，而我的脑海里轰鸣着那并非是自己的记忆。

兵营的扩音器不断增强的噪音，烟囱的恐怖形象，滚滚浓烟的恶臭……

　　我听见玻璃在空眼眶方向嘎嘎作响，我称之为"假面女"的那个女人的轻柔的裙子开始飘落。在它周围散发出一股寒气，仿佛是泪水在流淌。在缓缓下降的漩涡中，裙子变成了灰烬，像雪花一样飘洒在茶叶抽屉、蜡菊和钢琴上。

夜路上

一边是森林,另一边是沼泽,生长着密密层层的树苗。这地方看来不善。因此,我没有离开公路。我必须到某处有饭馆和其他设施的居民点,我走了很久,想象中离这些地点的路不会很远,因为我觉得与松树相比,自己并不太渺小。如果累了,我就坐在柏油路上,在蒙蒙细雨中等待汽车的灯光。我膝盖顶住嘴蜷缩着,雨水一滴滴沿着衣背滑下,使我像一只青蛙一样闪烁着亮光。如果张开嘴,我或许能欢快地呱呱叫。

最后,公路远处终于露出了亮光,一线光舌正舔着湿漉漉的树木,我看见一间房子离自己越来越近。它在柏油路上滑动着。当它在我身旁经过时,我透过玻璃窗朝里望去。那是一个铺着没有油漆过的原木地板的房间,没有任何家具。空荡荡的墙壁上,折射着灯的反光,像在无人居住的房子里那样。在房间中央,有一个人怀里抱着一只猫。就在这一瞥间,房屋从眼前消失了,我又淹没在黑暗之中。

从森林里传来敲击声，咚咚——咚咚，震荡着我的心脏跳动。或许是有人正在砍一棵杉树，刨光后做地板。

我看不见一个人影，觉得有点冷，很想变成那间干燥光滑的房间里的猫，心满意足地闭着眼打呼噜。

我重新出发——相信路不会很远，迈着急促的步子走了一阵。公路远处又有灯光闪烁，在昏黄的光线中，依稀看到自己的双膝已经湿透。这次是一间有阁楼和装饰图案的小屋在滚动。只有一扇窗透出灯光，部分被帘子挡着，但我依然能看见屋里有一张大办公桌，烟灰缸里的——真真切切——香烟烟雾，许多书和纸，而在灯晕下，则是一张藏在两个手掌里的脸。

有什么东西从沼泽向森林飞去，令人厌恶地呱呱尖叫了两次。我随声音望去，什么也没有看见，不由得紧张不安地站在公路边上。我丝毫也记不起一闪而过的两间房子里的人的模样。他们的动作、姿态却十分清晰地留在我的脑海里；记得房子里的气氛犹如口腔里硬腭的气味。但是，里面的男人是令人恼火的废物，始终长不成熟，眼睛的颜色飘忽不定，个儿不高，我很了解他。

他非我所爱：我是独立的我，有名有姓，有地方住，有饭吃，觉得很是满足，现在偶然流落在房屋川流的公路上，一边是瘆人的沼泽，另一边是更加可怕的森林。

一间小房子在昏暗中迅速滑过,我刚刚来得及避开。他正把一条花格毯子铺在沙发上。床头柜上的一包香烟旁摆着手表。他的影子折射在装着天花板的墙角上,转眼就消失了。

接着是一间墙壁湿漉漉的浴室。灯光昏暗。他正在刷牙,用手掌当作瓢弯腰接水。一只红色的金龟子用触角探索着几乎空了的牙膏管。

雨依然这样懒洋洋地下着。一间间房子总是呜呜响着滑过。现在,我知道你在读着一本没有图画的书的同时,如何把勺子送到嘴里,如何在衣柜里摸索,又如何脱掉自己的鞋子。

我将所有这一切集中起来,叠加在某个男人身上。我紧紧闭上眼睛和捏紧拳头,但在眼睑下,各种色彩的轨迹合而又分,分而又合。徒劳无功。

在我这样苦苦挣扎的同时,一间间房子不知不觉中彼此连接了起来,我一睁开眼,看到它们像一列灯光闪烁的火车在奔驰。他在每节车厢里:侧卧在红色的鱼儿游动的一个鱼缸旁,拍手鼓掌,注视着一个空盘子,关掉电视机……他数十次重复着这种令人产生幻觉的动作,但毫无表情;随着火车快速奔驰,这些动作在一部断断续续拍摄的影片中彼此连接了起来,那荒谬的节律使我神经错乱。我追着火车奔跑,火车末尾是一扇磨砂玻璃门,我用尽全力奔跑,抓住了门把手——冰冷冰冷的——但感觉气浪迎面冲来,几乎将我甩下车去。我被拖着,在潮湿的公路上匍匐,实际上是不很痛苦地滑行,一段时间后,终于跌倒在地,手里捏着车门把。

又是一片漆黑,火车消失了,我呼哧呼哧喘着气躺在地上。沼泽里传来青蛙的叫声,承载着旷野的孤寂悲凉;另一侧是经过松针的筛子过滤的滴滴答答的雨声。

"走过了这些地方,路不会远了,"我对自己说,"欲速则不达。"

"或许,"我把门把手当作手枪瞄准沼泽的黑暗,又暗自思忖道,"门是朝里开的。"

"蓝色东欧"译丛（部分书目）

第一辑

- **《石头城纪事》**（小说）
  【阿尔巴尼亚】伊斯梅尔·卡达莱 著　李玉民 译

- **《错宴》**（小说）
  【阿尔巴尼亚】伊斯梅尔·卡达莱 著　余中先 译

- **《谁带回了杜伦迪娜》**（小说）
  【阿尔巴尼亚】伊斯梅尔·卡达莱 著　邹琰 译

- **《石头世界》**（小说）
  【波兰】塔杜施·博罗夫斯基 著　杨德友 译

- **《权力之图的绘制者》**（小说）
  【罗马尼亚】加布里埃尔·基富 著　林亭、周关超 译

- **《罗马尼亚当代抒情诗选》**（诗歌）
  【罗马尼亚】卢齐安·布拉加等 著　高兴 译

第 二 辑

- 《我的疯狂世纪(第一部)》（传记）
  【捷克】伊凡·克里玛 著　刘宏 译

- 《我的疯狂世纪(第二部)》（传记）
  【捷克】伊凡·克里玛 著　袁观 译

- 《我的金饭碗》（小说）
  【捷克】伊凡·克里玛 著　刘星灿 译

- 《一日情人》（小说）
  【捷克】伊凡·克里玛 著　高兴、杜常婧 译

- 《终极亲密》（小说）
  【捷克】伊凡·克里玛 著　徐伟珠 译

- 《等待黑暗，等待光明》（小说）
  【捷克】伊凡·克里玛 著　杜常婧 译

- 《没有圣人，没有天使》（小说）
  【捷克】伊凡·克里玛 著　朱力安 译

- 《花园里的野蛮人》（散文）
  【波兰】兹比格涅夫·赫贝特 著　张振辉 译

- 《带马嚼子的静物画》（散文）
  【波兰】兹比格涅夫·赫贝特 著　易丽君 译

- 《海上迷宫》（散文）
  【波兰】兹比格涅夫·赫贝特 著　赵刚 译

- 《父辈书》（小说）
  【匈牙利】瓦莫什·米克罗什 著　许健 译

第三辑

- 《乌尔罗地》（散文）
  【波兰】切斯瓦夫·米沃什 著　韩新忠、闫文驰 译

- 《路边狗》（散文）
  【波兰】切斯瓦夫·米沃什 著　赵玮婷 译

- 《第二空间——米沃什诗选》（诗歌）
  【波兰】切斯瓦夫·米沃什 著　周伟驰 译

- 《无止境——扎加耶夫斯基诗选》（诗歌）
  【波兰】亚当·扎加耶夫斯基 著　李以亮 译

- 《捍卫热情》（散文）
  【波兰】亚当·扎加耶夫斯基 著　李以亮 译

- 《索拉里斯星》（小说）
  【波兰】斯塔尼斯瓦夫·莱姆 著　赵刚 译

- 《遗忘的梦境——查特·盖佐短篇小说精选》（小说）
  【匈牙利】查特·盖佐 著　舒荪乐 译

- 《流星——卡雷尔·恰佩克哲理小说三部曲》（小说）
  【捷克】卡雷尔·恰佩克 著　舒荪乐、蒋文惠、程淑娟 译

- 《神殿的基石——布拉加箴言录》（箴言）
  【罗马尼亚】卢齐安·布拉加 著　陆象淦 译

- 《十亿个流浪汉，或者虚无——托马斯·萨拉蒙诗选》（诗歌）
  【斯洛文尼亚】托马斯·萨拉蒙 著　高兴 译

第四辑

- 《耻辱龛》（小说）
  【阿尔巴尼亚】伊斯梅尔·卡达莱 著　吴天楚 译

- 《三孔桥》（小说）
  【阿尔巴尼亚】伊斯梅尔·卡达莱 著　施雪莹 译

- 《接班人》（小说）
  【阿尔巴尼亚】伊斯梅尔·卡达莱 著　李玉民 译

- 《绝对恐惧：致杜卞卡》（小说）
  【捷克】博胡米尔·赫拉巴尔 著　李晖 译

- 《严密监视的列车》（小说）
  【捷克】博胡米尔·赫拉巴尔 著　徐伟珠 译

- 《雪绒花的庆典》（小说）
  【捷克】博胡米尔·赫拉巴尔 著　徐伟珠 译

- 《温柔的野蛮人》（小说）
  【捷克】博胡米尔·赫拉巴尔 著　彭小航 译

- 《无常的夏天》（小说）
  【捷克】弗拉迪斯拉夫·万楚拉 著　张陟 译

- 《赫贝特诗集（上、下）》（诗歌）
  【波兰】兹比格涅夫·赫贝特 著　赵刚 译

- 《垃圾日》（小说）
  【匈牙利】马利亚什·贝拉 著　余泽民 译

第 五 辑

- 《壁画》（小说）
  【匈牙利】萨博·玛格达 著　舒荪乐 译

- 《鹿》（小说）
  【匈牙利】萨博·玛格达 著　余泽民 译

- 《两座城市：论流亡、历史和想象力》（散文）
  【波兰】亚当·扎加耶夫斯基 著　李以亮 译

- 《另一种美》（散文）
  【波兰】亚当·扎加耶夫斯基 著　李以亮 译

- 《思想的黄昏》（随笔）
  【罗马尼亚】埃米尔·齐奥朗 著　陆象淦 译

- 《着魔的指南》（随笔）
  【罗马尼亚】埃米尔·齐奥朗 著　陆象淦 译

- 《乌村幻影》（小说）
  【罗马尼亚】欧金·乌力卡罗 著　陆象淦 译

- 《裸浴场上的交响音乐会——罗马尼亚 20 世纪小说精选》（小说）
  【罗马尼亚】诺曼·马内阿等 著　高兴等 译

- 《我行走在你身体的荒漠——立陶宛新生代诗选》（诗歌）
  【立陶宛】阿纳斯·艾利索思卡斯等 著　叶丽贤 译

- 《魔鬼作坊》（小说）
  【捷克】雅辛·托波尔 著　李晖 译

第 六 辑

- **《简短，但完整的故事》**（小说）
  【波兰】斯瓦沃米尔·姆罗热克 著　　茅银辉、方晨 译

- **《三个较长的故事》**（小说）
  【波兰】斯瓦沃米尔·姆罗热克 著　　茅银辉、林歆、张慧玲 译

- **《挑衅以及其他故事》**（小说）
  【阿尔巴尼亚】伊斯梅尔·卡达莱 著　　李焰明 译

- **《娃娃》**（小说）
  【阿尔巴尼亚】伊斯梅尔·卡达莱 著　　张雯琴、宋学智 译

- **《天堂超市》**（小说）
  【匈牙利】马利亚什·贝拉 著　　余泽民 译

- **《秘密生活》**（小说）
  【匈牙利】马利亚什·贝拉 著　　余泽民 译

- **《蓝色阁楼寻梦》**（小说）
  【罗马尼亚】阿德里亚娜·毕特尔 著　　陆象淦 译

- **《两天的世界》**（小说）
  【罗马尼亚】乔治·伯勒伊泽 著　　董希骁、Mara Arion 译

- **《生活边缘的女孩》**（小说）
  【罗马尼亚】米尔恰·格尔特雷斯库 著
  张志鹏、林慧芬、陈进、李昕、高兴 译

- **《希特勒金钱》**（小说）
  【捷克】拉德卡·德内玛尔科娃 著　　姜蔚茜 译

·部分书名为暂定，以出版时为准·